鴻池小町事件帳

浪華闇からくり

築山 桂

時代小説文庫

角川春樹事務所

目次

第一章　豪商の娘……7
第二章　黒猫の男……48
第三章　曾根崎新地……91
第四章　異国商い……136
第五章　最後の薬……190
終章……237
解説　細谷正充　243

鴻池小町事件帳

浪華闇からくり

第一章　豪商の娘

一

招かれざる客は、駕籠《かご》でやってきた。

芝翫縞《しかんじま》の着流しに、刀は落とし差し、一見してまっとうな侍でないと判《わか》る身なりで、年の頃は三十歳ばかりか。

供が五人。これまた、崩れた身なりの若者ばかり。

男が駕籠を降りたのは、大坂市中でも随一の長者と名高い、両替商鴻池善右衛門《こうのいけぜんえもん》の屋敷前だった。富裕な商家が軒を連ね、長者町と名高い大坂今橋《いまばし》においても、ひときわ目立つ大店《おおだな》だ。

いったいどなたの訪れかと店の内から出迎えた若い手代は、異様な一団を見て、ぎょっとして立ちすくんだ。

「我が名は菊池兵吾《きくちひょうご》」

芝翫縞の侍は、ゆっくりと手代の前に歩み寄り、言った。

「縁あって加賀の前田家に禄《ろく》を得ておるが、もとをただせば戦国武者尼子《あまこ》の忠臣、山中鹿《やまなかしか》之助《のすけ》が子孫。聞くところによると、大坂一の富商、鴻池一族の祖先も、同じく尼子の山中鹿之助とか。卑しい商家ながら、実にご立派な由緒。されば我らは親類同然。以後、懇意におつきあい願いたい。まずは、お近づきのしるしに酒でも馳走《ちそう》にあずかりたいものだが、いかがか」

にやりと笑う。

手代の顔に、嫌悪感が広がった。

内心で、吐き捨てるようにつぶやく。またか。

居並ぶ顔に見覚えはないが、この手の客は初めてではない。いかりだ。

商家のくせにえらそうな由緒を名乗りやがって気に入らん、少々いたぶってやれ、ついでに金も巻き上げてやれ。

そんな、狭いうえに意地汚い料簡《りょうけん》でやってきた、馬鹿侍だ。

（どないかならんか、この手の阿呆）

そうは思っても、相手が武士とあれば、しっしっと追い払うわけにもいかない。

大坂は、天下の台所で、町人の都。

とはいえ、やはり、武家は武家。町人の身で、正面切って楯突《たてつ》くことはできないのだ。

（特に、大坂の侍は、質《たち》悪い……）

商都大坂では、侍は町の主人《あるじ》づらで往来を歩くことができない。町人ばかりが四十万も暮らす町だ。奉行所役人や諸藩の蔵役人、すべて含めて数千人に満たない武士は、いくらなんでも肩身が狭い。

しかも、商人たちは、自らの才覚で儲《もう》けを出すことが出来ず、「禄取り」に甘んじている侍衆を、内心では馬鹿にしている。武士の方も、それを察しているから、胸の内にはねじまがった鬱屈《うっくつ》が生まれる。

そして時折、こんな風に、町人いじめになって爆発するのだ。

厄介きわまりない。

(確かに、うちの旦那様、鴻池善右衛門のご先祖は——)

有名な戦国武者、山中鹿之助だ。

毛利家に滅ぼされた主家、尼子家の再興に身命を捧《ささ》げ、「我に七難八苦を与えたまえ」と月に祈りを捧げた、忠義の武士。

その忠義の武士の倅《せがれ》が、大坂近郊で酒造業をはじめ、廻船業に手を広げ、大成功を修めたのが、今日の大両替商鴻池の始まりだ。

むろん、鴻池善右衛門は、日頃、そんな由緒を軽々しく口にはしない。

町人に氏素性《うじすじょう》無し。二百年以上前の素性が、いかほどの金になるわけでもない。……第一、武士がえらいものとも思わんし。

最後の本音だけは、さすがに主人の口からはっきり言われたことはないが、そう思っているに違いない。

だから、店の者はみな、先祖のことは隠すようにしている。

それでも、時折、こんな客がやってくる。

三月《みつき》前にも、同じようにやってきたたかり浪人がいて、一分銀で追い払った。

今、目の前にいる連中は、おそらく、それを聞きつけて、小遣い稼ぎに来たに違いない。

（しかし……）

駕籠まで雇って大がかりにやってきた連中だ。一分や二分では引き下がるまい。

どないしたもんか。

途方に暮れて視線をめぐらせば、天水桶《てんすいおけ》の影で黒猫がうずくまり、じっとこちらを見ている。

出来の悪い侍にくらべれば、野良猫の方がなんぼかましや。

手代は小さくため息をついた。


鼈甲《べっこう》のかんざしは似合うだろうか。

手鏡に映る自分の姿をながめ、澪《みお》は思った。

器量が悪いわけではないのだと思う。

お嬢《いと》さん《さん》の笑顔であたりまで華やぐと、昔から、女中によく言われた。

どこまでが本音だったのかは、判らない。本音とお追従《ついしょう》の区別など、昔の澪にはつかなかった。世間知らずの箱入り娘。

もっとも、今でも、さして変わりはない。

箱は抜け出したが、まだ充分に初《うぶ》な娘で通る。——通るはずだ、と澪は自分でうなずいた。

ためしに黒髪に琥珀《こはく》色のかんざしをあててみた。

鏡のなかの自分は、似合わないとふくれ面《つら》をした。地味な鼈甲なんか嫌や、と。

まだ十八歳なのだから、花や鳥、びらびら飾りの銀かんざしがいい。同い年の幼なじみは、まだそんな姿で町を歩いている。

（うちだけがあかんやて）

納得できない、と澪は思う。

しかし、澪と彼女たちの間には、大きな差があった。

澪は、後家だった。

（十八なのに、後家）

夫は七年前に死んだ。

早くに縁づいたのを悔やんではいない。大店の娘として、生まれたときから決まっていた縁組みだ。許婚《いいなずけ》の駒次郎《こまじろう》を愛してもいた。十一の子供の幼さでだったが、精一杯。

本当ならば今頃、可愛《かわい》い子供の一人も生まれ、優しい夫のもとで、両替商の御料《ごりよん》さんとして、澪は幸せのまっただなかにいるはずだった。

なのに、予定していた未来を、何一つ現実にしないまま、夫は死んでしまった。

婚礼の三日後、澪は喪服姿で、夫の棺《ひつぎ》を見送ることになった。

（——そやけど）

それは、七年も昔の話だ。いつまでもくよくよしていても、しようがない。

（もう一度、娘に戻って生き直す）

明るい色の小袖《こそで》で、怯《おび》えずに町を歩く。

自分に出来ることは、もう、それしかないのだ。

澪は、母の形見のかんざしを髪からはずした。

（辛気《しんき》くさい鼈甲細工なんか、止《や》め）

それに、考えてみれば、母が遺《のこ》してくれた品は、すべて、本物の鼈甲ではなかった。安価なまがいものばかりだ。

（ひとつくらい、こっそり買っても判らへんかったやろに）

母は、家のため、店のため、一族のために、黙々と日々を送り、大坂の御料さんとして、人生をまっとうした。兄と妹、二人の子をなし、本家の内室としてのつとめをきっちりと果たし、澪が十歳のときに死んだ。一目で判る安価なまがいものだけを形見に遺して。

鼈甲は高価で買えない、という家ではない。金なら無尽蔵にある。

大坂でいちばんの両替商、鴻池善右衛門。それが彼女の夫だった。

しかし、大店とはいえ――いや、大店だからこそ、家人の生活は、吝嗇《りんしょく》というか、始末屋というか、つまるところ、地味だった。

櫛《くし》、かんざしに鼈甲を使うな、まがいものなら良い、という家訓まであるのだから、なんとも吝《しわ》い。

金持ちだからといって、贅沢三昧《ぜいたくざんまい》は禁物。大店の商いを維持していくには、相応の覚悟が必要だ。その覚悟と引き換えに、一族の者は「天下の鴻池」の名を守り続けている。

ため息をひとつつき、澪は手鏡を文箱《ふばこ》の上に戻した。

そろそろ、帰ろう。

久しぶりの生家は、懐かしさに満ちてはいたが、ここはすでに澪の家ではない。

もう一度、病床の兄を見舞い、それから、帰ろう。

表から何やら騒がしい気配が伝わってきたのは、そのときだった。

いくつもの足音が、ひそひそと話しながら、廊下を急いでいく。

なかに、大番頭の狼狽《ろうばい》した声が混ざった。

「大旦那様もお留守のときに、なんでまた、そんな――」

澪は首を傾《かし》げた。

誰か、質《たち》の悪い客でもあったのだろうか。

鴻池善右衛門は両替商だ。人に金を貸し、利息をとって儲けている。顧客の大半は大名や旗本。店先に一見《いちげん》の客がやってくることはまずない。

ないが、料簡《りょうけん》違いをしたもの知らずが、両替商の名だけを聞いて、迷い込んでくることも、あることはある。

父——大旦那は留守らしい。兄——若旦那も、今は人前に出られる状況ではない。兄嫁ならば奥にいるのだろうが……。

放ってはおけない。

澪は部屋を出た。

「加賀の菊池様——と仰せでしたか」

手代は、頭を低くしながら言った。

「……手前どもの主人は、一介の町人。お武家様と親類同然などとは恐れ多い。どなたかとお間違いではございませんか」

「しらじらしい」

菊池兵吾は鼻で笑った。

「大坂随一の長者、鴻池善右衛門。その店を間違うはずがない。戯言《ざれごと》を言うておらず、とっとと主人のもとに案内いたせ」

薄ら笑いで口上を続ける菊池の息から酒の匂《にお》いがする。

阿呆のうえに酔っぱらいか。

手代はますます苦い顔になった。

早く店のうちから小判の二、三枚も包んで持ってきてくれないものか。そのくらい渡せば、いくらなんでも引き下がるだろう。

「山中鹿之助であるぞ。浪々の身となっても武家の誇りを捨てず、忠義に生きた士道一筋の男。その子孫が、何を血迷うて卑しい金貸しなどに成り下がったか。不心得をたたき直してやる。早く主人を呼べ」

「……そう言われましても」

「呼ばぬのなら、手始めに、貴様の不心得をたたき直してやるぞ」

侍はにじりより、刀の柄《つか》で、手代の腹をついた。

「まず貴様に七難八苦を与えてやってもいい」

「め、滅相もない……」

手代は青くなった。

いつのまにか、まわりをぐるりと供の衆に囲まれている。袋だたきにされたら、命が危ない。手代は助けを求めて往来を見渡した。

だが、長者町の住人たちは厄介ごとに関《かか》わるのを嫌うため、野次馬にさえ出てこない。

普段から付け届けをしている奉行所役人や手先衆も、こういうときに限って、一人も通りかからない。

手代の顔に悲壮な表情が浮かんだ、そのとき。

くすりと笑う声が店のなかから聞こえた。

七難八苦やて。

赤ら顔の侍が口にした言葉に、澪は思わず笑ってしまった。昔話の好きな叔父《おじ》もよく口にする科白《せりふ》だけれど、改めて考えれば、大げさでおかしい。

七難と八苦で、あわせて十五か。そんなに苦しみたかったのだろうか。よほど、気楽な人生を送っていたものに違いない。――昔の澪のように。

そしてまた、こんな馬鹿げたたかりをする侍も、同じくらい、気楽に生きている連中に違いないのだ。

そう思って見てみれば、赤ら顔の侍を取り囲む若者たちは、揃いも揃って、悩みなど何もなさそうな、のっぺりとした笑いを浮かべている。

(こんな風に暇つぶしすることしか思いつかへんのやろか)

「今、誰か笑ったな。誰だ、出てこい」

赤ら顔の侍が怒鳴った。

聞こえてしまったらしい。

まずいと、さすがに澪も気づいた。

が、すでに遅い。手代の制止を振り切って、侍は店のなかに入り込んできた。

立ちすくむ澪の腕を、店にいた番頭が慌てて引く。

「お嬢さん、早《はよ》う中に……」

その小声が、逆に、菊池の視線を澪に向けさせることになった。

「お前か。そうだな。女の声だった」

菊池は目を細めた。

赤ら顔でなければ――素面《しらふ》でかしこまった顔をしていれば、それなりに見られる男前だろうに、もったいない。

半ば怯え、半ば冷静に――結果としては身じろぎもせず、澪は菊池の顔を正面から見返すことになった。

菊池は、そんな澪の前に立ち、頭の先から爪先まで視線をはわせた。

そして、何かに思い当たったらしい。

「お前、鴻池の後家小町か。十一で後家になったと評判の」

澪は応《こた》えなかった。

後家小町。

小町娘も実は後家、と、町の者がからかい半分に呼び慣《なら》わしているのを、澪は知っている。

むろん、好きな呼ばれ方ではなかった。

澪は菊池をにらみつけた。

「そうか、お前か──」

菊池は嫌らしい笑みを浮かべながら、澪の袖をつかんだ。

「唐物《からもの》問屋扇屋《おうぎや》からの再縁話も断ったそうだな。二夫に仕えず。立派なものだ。──しかし、夫が死んだは祝言《しゅうげん》の三日後。小町殿はその折り、まだ十一とか。女房といいながらも、手つかずに違いあるまい。哀れなものよ。さすがに小町というだけはある。不通《かよわず》の小町殿は、そのまま一生生娘《きむすめ》で居続けるか。なんなら儂《わし》が独り寝を慰めて──」

菊池は最後まで言葉を続けることができなかった。澪が菊池の手を振り払い、手にしていた鼈甲のかんざしを、その顔に思いきり投げつけたからだ。

一瞬、菊池はぽかんと口を開いた。

が、我に返ると、

顔が真っ赤に激した。

「何をする」

「──許さんぞ」

菊池が澪の腕をつかみ、土間にひきずりおろした。

手代の割って入る間もなかった。

澪は足袋裸足《たびはだし》のままで土間に倒れ込んだ。

菊池が刀に手をかけるのが見え、澪はきっと顔をあげた。

破落戸《ごろつき》侍に、本気で斬《き》りつける勇気なんかあるはずない。

そう思ったが、菊池が鞘《さや》を払うのを眼前にし、さすがに血の気《け》が引いた。

（――まさか）

奉公人たちが息を飲み、澪も瞠目《どうもく》した。――その瞬間。

いきなり、黒い影が菊池の顔に張り付いた。

どこからか現れた黒猫が、菊池の頭に乗っかり、思いっきり顔に爪を立てたのだ。

うわ、と菊池は叫び、左手で猫をひきはがそうとした。

猫は素早く土間に降り立ち、そのまま往来に飛び出した。

待て、と菊池は追おうとした。

その腕をつかみ投げ飛ばしたのは、猫と入れ替わるようにすばやく現れた細身の影だった。

格子の着流し姿。無腰の町人だ。

しなやかな身ごなしで、見事に菊池を投げ飛ばした。

落下した拍子に腰でも打ったのか、菊池はうなり声をあげたが、

「この野郎」

すぐに立ち上がり、町人に刀を向けた。

奉公人たちが悲鳴をあげる。

だが、町人は怯《ひる》まなかった。

振り下ろされた菊池の刀を素手で受けたのだ。白刃取りだ。

菊池は息をのみ、町人の顔を見――表情を凍らせた。

町人は言葉を発さず、菊池の刃《やいば》を両手でひねりあげ、たまらず菊池は柄から手を放す。

「菊池、何をやっている」

そこで、仲間たちが店のなかに入ってきた。

菊池の足下に投げ出された抜き身の刀に、驚いて立ち止まる。

一呼吸置き、我に返って、次々と刀に手をかけた。

が、それを抑えたのは菊池だった。

「やめろ。帰るぞ」

「え――いや、しかし」

「もういい。引き揚げる――来い」

刀を拾い、仲間を促《うなが》し、逃げるように菊池は店を出ていく。いつのまにか、その顔から血の気が引いている。町人の腕前に怯えたかのように見えた。

が……。

澪は幾度か目を瞬《しばた》いて、去っていく侍たちの背を追った。

「ありがとうございました」

奉公人たちは呪縛《じゅばく》が解けたように一斉に動き出し、澪と町人に駆け寄ってくる。

「助かりました。お宅様は店の恩人です。お名前を、お聞かせ願えますか」

「何――」

　町人は、一瞬口ごもった。

　近づいてきた番頭を見、澪を見、まわりを囲む奉公人たちを見た。

　一呼吸おいて、町人は照れたように頭をかき、さきほどの気迫が嘘のように人懐こい笑顔を浮かべた。

「孝助《こうすけ》と申します。たまたま通りがかったさかい――」

　歳《とし》は三十半ばほど。くたびれた着物を見る限りでは、お店者とは思えない。長屋住まいの職人といったところだろう。

　細い目にすまなそうな表情を浮かべ、

「出過ぎた真似をしまして」

　腰をかがめて手代に頭をさげた。

　恩に着せるでもなく、横柄に出るでもない控えめな態度に、番頭は好感を持ったようだ。

「近くの店にお出入りの方ですかな？　それとも、このあたりにお知り合いでも」

　孝助は、まったくの手ぶらだった。商いの道具を何一つ身につけていない。それを訝《いぶか》っての問いだったが、

「近くの親類を訪ねてきてまして――普段は摺《す》りもの売りですわ」

「なるほど」

　ともかく中へ、と番頭は言った。お嬢さんも早く、と澪に向き直る。

　だが、澪は動くことが出来なかった。

店の者は誰も気づいていない。

だが、目の前の男——孝助は、刀をひねり上げる際、体を近づけ、菊池に何かささやいたのだ。

菊池はその言葉を聞いて、一瞬、射るように鋭い眼差《まなざ》しで孝助をにらみ——無言で去った。

もしかして、この孝助という男は、あの侍たちと、知り合いなのだろうか。

「お嬢さん?」

番頭の声にはっと気づけば、孝助が目の前にいた。

え、あの、とうろたえる澪に、

「——お嬢さんに怪我がなくて本当に良かった」

にっこりと孝助は笑ったが、澪は笑えなかった。

愛想良く、人懐こい笑顔に見えるが、孝助の目はまるで笑っていない。

得体の知れない男。

そう思った瞬間、突然、体にふるえが来た。

さっき刃と向かい合った恐怖が、今になって、やってきたかのように。

「そやけど、澪に怪我がなくて何よりやった」

二

一刻《いっとき》後。澪は今橋から歩いて半刻の、和泉町《いずみちょう》の屋敷にいた。

騒ぎが一段落したあと、澪は生家を後にし、今の住処《すみか》に帰ってきたのだ。

桜のつぼみがふくらみ始めた庭を前に、手ぬぐいで汗を拭《ぬぐ》いながら言ったのは、屋敷の主人、叔父の希楽《きらく》である。

縁側に腰をかけ、かたわらには竹刀《しない》を置いている。飽きもせず、庭で素振りなどしていたらしい。

「加賀藩士か。大藩にしては、藩士の出来が悪い。鴻池善右衛門に因縁つけて、後で困るのはお殿さんやろに」

鴻善《こうぜん》怒らせたら、次から借金でけんしなあ、と希楽は笑う。百万石の大名相手にも、怯えの色も見せない。豪商鴻池一族の者らしい余裕だ。

「ご先祖、山中鹿之助様の名をたかりに使うとは、罰当《ばち》たりもええとこや」

「同じようなたかりは何度かありました。誰でも思いつく手です」

「どっちにしろ、儂《わし》がその場におったら、この手でたたきふせとった。本物の山中鹿之助の子孫はこの通り武芸にも秀でておる……と、思い切り見得でも切ってな」

身振りを交えて叔父は言い、澪は笑い声をたてた。

希楽は今年で四十六歳になる隠居で、澪の父親鴻池善右衛門の、弟にあたる。妾腹《しょうふく》だから、年齢は善右衛門と同じだ。

商売一筋の善右衛門と違い、希楽は昔から道楽好きだった。

酒や女の類《たぐい》ではない。

いや、女も酒も少々は好きだったようだが、希楽が何より好んだのは武芸だ。

剣術では新当流免許皆伝の腕前で、道場でも五本の指に入る実力だという。

しかし、どれほどの実力があろうと、商人にとっては武芸など道楽でしかない。

「困った阿呆」

澪の父は、眉をひそめていつも言う。

希楽の隠居前の名は、鴻池新十郎《こうのいけしんじゅうろう》。

鴻池一族は、今橋の善右衛門家を中心に、分家、別家を含めて二十近い家からなる富裕な両替商一族だが、新十郎家といえば、中でも特別扱いされている由緒ある分家だ。

希楽は幼少の頃、跡取りのなかった新十郎家に養子に入り、その家を継ぐことになった。そのまま立派な両替商になるはずだった希楽に、突然、武芸好きの芽が頭をもたげたのは十を過ぎた頃だ。

番頭に、山中鹿之助の昔話を聞いたからだという。

(胸が躍《おど》ったんや。儂の体には勇敢な戦国武者の血が流れてる、すごい——てな)

希楽は目を輝かせてそう語ったが、どこがすごいのか、澪にはよく判らなかった。
お前さんにも同じ血が流れてるんや、何なら儂と一緒に剣術の稽古《けいこ》でもせんか――など
と、希楽は今でも、時折、澪に言う。
が、澪にはとても興味は持てなかった。
澪だけではなく、一族の他の者も、同じだったようだ。
由緒ある新十郎の名を継ぐ者が、武芸などに凝っていてどうする。武家の由緒など意味
のないこと。忘れておればよいのだ。
養父も、一族の者も、本家の兄善右衛門も、口やかましく言った。
だが、希楽は自分の好きなことをやり続けた。
本家の血筋にどうしてこんな出来損ないが生まれたかと白い目で見られても、こっそり
と町道場に通い続けた。
むろん、家業をおろそかにしていたわけではない。
「儂なりに、やるべきことはやった」
希楽自身は、いつもそう言っている。
商いの道も、それはそれで好きだった。精進した。ただ、他にも好きなことがあっただ
けだ――と。
だが、まわりはどうしても納得しなかったらしい。
だから、希楽は四十にもならぬうちに早々と店を伜《せがれ》に譲り、希楽と名を変え、名の通り

に気楽に、悠々自適の暮らしを送ることにしたのだ。

「その方が、儂にとっても、鴻池一族にとっても、良い選択やった」

希楽はいつも、そう言って笑う。

そして、後になってみれば、澪にとっても、それは運の良いことだった。

七年前、祝言早々に夫を失った十一歳の澪は、心に深い傷を負い、床に伏せたきりになった。

そんな澪を、隠居したばかりだった希楽が、面倒を見ると引きとってくれたのである。

当時、鴻池一族はどの店もみな大わらわで、隠居の叔父くらいしか澪にかまっていられなかったためでもある。

婚家では、三日しか嫁でなかった十一歳の娘をとどめておくには忍びない、本家で再縁の口でも捜してくれと、実家に返そうとしたし、本家は、とにかく店の建て直しに手一杯で、出戻り娘の面倒など見られなかった。

傷ついた澪の心を、叔父の存在が、どれほどいやしてくれただろう。

月日が流れ、すっかり元気になった今も、澪は叔父の隠居所で暮らしている。隠居の叔父の身の回りの世話のため――そんな理由をつけて。

この居心地の良い場所を、離れたくはなかった。

父はいずれ再縁の口を見つけてくるつもりらしいから、いつまで今の暮らしが続くかは判らない。

せめてそれまでの間は、こうやって、のんびり、暮らしていたい。

（でも——）

思えば、澪は昔から、この一風変わった叔父が、好きだった。

今橋にある澪の生家——鴻池の本家は、一族の中核であり、分家や別家の子弟が商売の修業に来る場でもあった。店の奉公人は、いずれどこかの暖簾《のれん》を背負って立つ男ばかり。頭の中はみな、商い一色。

そんな男を当たり前と思っていた澪にとって、叔父は、明らかに異なる匂いを持った男だった。まだ鴻池新十郎を名乗っていた時分から、何かが違っていた。

商いは大事だが、それだけがすべてではない。笑ってそんなことをいう人間は、一族のうちを隅々まで見渡してみても、他にいなかった。

幼い澪は、叔父になついた。

お付きの女中に頼み込んでは、当時まだ鴻池新十郎と名乗っていた叔父の屋敷へ、足繁《あししげ》く遊びにいった。

新十郎も、そんな澪を可愛がってくれた。

気むずかしい顔をして、少しも遊んでくれない父より、新十郎のほうが、どれだけ澪には親しい身内だったことか。

四十前に早々と隠居となった後も、そんな自分の人生が、大坂商人としてまっとうなものとはいえないことを、希楽はまるで気にしなかった。

自分は自分の好きなように生きている。その誇りすら感じられた。

澪はますます叔父が好きになった。

この隠居屋敷は、今の澪にとっていちばん心安らぐ場所だ。

だが、声に出しては、澪はいつも叔父に憎まれ口をたたく。

「お前は今橋には来んといてくれ、て父さんが言わはるの、よう判ります。善次郎兄さんに悪い影響があったら困る、て」

「善次郎か。まあ、あいつは、本家の跡取り。儂みたいに道をはずれるわけにはいかんからな」

「……おじさんも、たまにはまじめなことも言わはるわ」

「当たり前や。こう見えても、鴻池の老分衆の一人。一族のことは誰より考えてる」

「そうは見えへんけど」

「それはお前さんが子供やから」

希楽は苦笑し、澪の頭をかるく小突いた。

「ところで、お前さん、さっさと帰ってきてしもて、良かったんか」

希楽は、澪が運んできた麦湯を口にしながら言った。

「命の恩人は、まだ本家におるんやろ」

「でも、あんまり感じの良《え》えひとと違《ちご》たし……」

はっきり言って、得体が知れなかったし。そう続けたかったが、さすがに恩人に対して申し訳ないかと、口をとざした。

それを、希楽は勝手に解釈したようだ。

「また、お関《せき》ともめたんか」

「……それも、あります」

長居しなかった理由のひとつではある。

「兄さんのお見舞いかて、ゆっくりさせてもらえへん」

お関は、澪の兄、善次郎の嫁だ。分家の娘たちの中から選りすぐられた、本家の御料さんにふさわしい女。

善次郎が、本家の跡取りにしては少々のんびりやだったため、一族の年寄りたちが心配したのか、嫁いできたお関はとにかく堅苦しく融通が利かない。あれでは兄も可哀相《かわいそう》だと澪は思っている。

お関のほうも、若くして後家になった生意気な義妹は、好きになれない相手なのだろう。

今日の騒ぎだとて、無駄に大きくなったのは澪のせいだ、と目で語り、

——長居してはると、和泉町で心配しはります。

やんわりと言って、希楽への土産《みやげ》の菓子を澪に渡した。

うちも忙しいさかい、おかまいもできませんで。

そう言って忙《せわ》しない足取りで去っていく背に、べぇだ、と澪は舌をつきだした。

「そういうな。お関も辛《つら》いんや。嫁いで二年。子供もない。亭主は突然の病《やまい》。しかも、ど

この女からうつされたか判らんような病気や――」

「そやけど――」

澪は頬《ほお》をふくらませた。

「兄さんの病気は治る。絶対治る。そやさかい、義姉さんなんか、うちにくらべたら
……」

ずっと幸せや――と続けかけた言葉は、叔父に遮《さえぎ》られた。

「澪。そういう言い方はあかん」

穏やかだが、厳しい声だった。

「澪が辛い思いをしたのは判ってる。そやけど、それを看板にぶらさげて歩いたらあかん」

相手が奉公人であろうと、声を荒らげることは滅多にしない叔父が、こういうときは、揺るぎのない声になる。

「……ごめんなさい」

澪は素直に謝った。

叔父の言うことはもっともだ。それは判っていた。

希楽と暮らすようになって、同じことを何度も言われた。

澪の夫となった分家の倅、鴻池駒次郎は、祝言の三日後に、この世を去った。

それは不幸だ。世の中に存在する不幸のなかでも、かなり大きな不幸だ。

だが、だからといって、他人と比べてはいけない。自分を哀れんでもいけない。

それは、どうしようもない運命だったのだから。

しかし、それでも澪が、時折恨みがましいことを口にしてしまうのは、やはり、駒次郎の死が尋常なものではなかったせいだろう。

澪の夫が死んだのは、天保八年二月——今から七年前の寒い日だった。

その日、未明から、大坂市中は大混乱に陥《おちい》った。

もと町奉行所与力の大塩平八郎《おおしおへいはちろう》が、徒党を率いて市中に火を放ち、大砲を撃ちこみ、市中を戦場に変えてしまったのだ。

突然の出来事だった。

困窮にあえぐ民をたすけ、利をむさぼる豪商を懲《こ》らしめるため——大塩はそう言っていたという。

確かに徒党がかかげた旗には「救民」の字があった。

そして、彼らに「民を踏みにじる奸商《かんしょう》」と名指しされたのが、鴻池一族だった。

一族の店は、次々に焼き討ちにあった。

今橋の本家はもちろん、近隣の分家、別家、すべてが焼かれた。

むろん、焼かれたのは鴻池だけではない。

乱暴狼藉《ろうぜき》の限りを尽くした徒党が、大坂城代や町奉行所の兵に蹴散らされ、ちりぢりになって逃げたあと、市中に遺されたのは焼け野原と家を失った人々の群れだった。

駒次郎はそんな人々のため、施行《せぎょう》を行った。

わずかに残った店の蔵をあけ、米を分け与え、貧しいものを救おうとした。自らお救い小屋に出向き、焼け出された者を助けようとした。

そして、施行を受けにきたやせ浪人に、刺し殺されたのだ。

男は「大塩与党」と名乗っていたという。すぐにその場で捕らえられ、後に、大勢の一味とともに処罰を受けた。本当は大塩の門弟でもなんでもなく、ただ金持ちを恨んでいただけの男だったとも、噂《うわさ》に聞いた。

たった三日だけの夫婦。

いや、正確には夫婦ですらなかった。ちぎりを結ばぬままだったから。

祝言のとき、澪は十一歳で、駒次郎は二十四だった。

澪が大人になるまで待つと言った駒次郎は、その日が来る前に命を落としたのだ。

「天災みたいなもんやった」

希楽は中庭を見ながら、ぽつりと言った。

「この町で突然、戦《いくさ》が起こるやて、誰も予想できんかった。儂らも、町の者も。お奉行様かて、城代様かて、そうや。鴻池一族の家は、ほとんど焼かれてしもて、町の者からは奸商やと後ろ指さされた。しんどかった。確かに、あの騒動の前には長い飢饉《ききん》があった。町中がお腹をすかせてた。貧しくて米も買えへん者が大勢いた。金持ちが恨まれたんも判る。そう思たさかい、儂ら一族は、誰も恨むことなく、力を合わせて、あの騒動を乗り切った。

そうして、ようやっと、また笑えるようになったんやないか」

「――はい」

澪も、うなずいた。

確かに、ひどい出来事だった。

夫を失い、家を焼かれた澪は、騒動から三年ばかりは、夜、ゆっくりと眠ることさえできなかった。眠っていても、小さな物音に怯えて目が覚めてしまう。

それほどに長い間、澪を心の傷にしばりつけていたものは、駒次郎を失った哀《かな》しみばかりではない。

恐怖だった。

また何者かが火を放つのではないか、誰かが襲ってくるのではないか。それが怖くて、一度目がさめたらもう眠れない。

雷の音も、怖かった。あの日の大砲を思い出してしまう。火の粉《こ》を巻き上げる炎を思い出してしまう。

見知らぬひとと町ですれ違うことが怖くなくなったのは、この二年ばかりのことだ。

今でこそ、一人で町を歩けるようになったが、騒動から一年くらいは、屋敷の中庭に下りることすら、女中に手を握っていてもらわなくては、無理だった。

もちろん、苦しんでいたのは、澪だけではなかった。

希楽の横顔を見ながら、澪は思う。

人もいた。

あのとき、澪は澪で苦しんだし、澪と同じように恐怖に震えていた一族の子供たちは何

でも、希楽や父や——一族の大人たちは、また別の苦しみを味わっていたはずだ。

騒動は一日でおさまったが、首魁《しゅかい》の大塩平八郎は、倅《せがれ》の格之助を連れて逃亡した。二人が一月後に市中の知人のもとで発見され、火を放って自害するまで、町は大塩の噂で持ちきりだった。

生駒《いこま》の山に隠れている。六甲山に隠れている。ひどいものになると、ロシア船に乗り込んで今度は天保山《てんぽうざん》沖から砲撃してくる、などという話になった。

澪が噂に怯え、「またうちらが襲われるんやろか」と泣くたび、希楽は、そんなことはない、もう大丈夫だ、となだめてくれた。

が、実際には、彼らの方こそ「万一、再び徒党が挙兵したら」との恐れを抱《いだ》いていたに違いない。

大塩が豪商を、なかでも、市中の富のほとんどを牛耳っている（と大塩は思っていたのだ）鴻池一族を目の敵《かたき》にしていたことは、市中の誰もが知っている。

二度目の襲撃があるとしたら、また、狙われるのは鴻池だ。

誰もがそう思い、大人たちは備えに必死になった。

本家、分家がほとんど焼かれてしまい、焼け出された一族は市中の南のはずれにある阿弥陀《みだ》池近くの控屋敷に身を寄せていた。

みな、目のなかに警戒を隠していた。

澪の近くにいた分家、別家の女房衆はみな、いつも外の気配に耳を澄まし、何かあれば、子供たちを守り、奉公人を指揮するのは自分たちの役目だと、目でうなずきあっていた。

男たちは逆に、必死に外に出ていった。

焼けてしまった店を建て直さなければならない。

一方で、「奸商」との汚名を雪《そそ》がなくてはならなかった。お救い米を与え、長屋のものに銭をくばり、出入りの商家にも見舞金を渡した。

一族の、誰にとっても、苦しい日々だった。

そのぶん、身内の結束は固まり、一族の絆《きずな》は強くなった。

騒動の数年後、今度は、老中水野忠邦《みずのただくに》による天保改革という嵐が市中を吹き荒れたが、市中の豪商が次々と贅沢禁止で屋敷を取り壊されるなか、鴻池だけが一度も処罰を受けず、その堅実な生活ぶりを認められた。

それほどに、身を慎んで、一族の者は暮らしてきたのだ。

決して苦しくなかったわけではない。

あの頃。一族の誰もが、一度は思ったはずだ。

確かに、鴻池は裕福だ。金も米も充分すぎるほどに持っている。先の飢饉でも誰も死ななかった。

だが……それがいけないことなのだろうか。

この天下の台所にあって、商いのおおもとを支える両替商として、たえまなく努力をし続けてきた。その結果、富を得た。この町の繁栄を支え、天下の台所と呼ばれるまでに大きくしたのは、我ら老舗《しにせ》の大店衆だ。

我らあってこその、大坂。

御上《おかみ》から立派な屋敷と充分な扶持《ふち》を与えられ、町人の上にいばり暮らしていた奉行所与力の隠居に、「奸商」と呼ばれ焼き討ちされなければならないほどの悪いことは、我ら一族、誰も、してはいなかったのではないか。

それでも我らは、やはり罰せられねばならなかったのだろうか。富み栄えているという、それだけの理由で。

「あれだけの騒動やった。家をなくし、身内を亡くし、人生を狂わされた者は、大勢おった。そやけど、遺された者にできることは、諦《あきら》めることだけ。ただそれだけ――」

つぶやく希楽の横顔を見て、澪はふと思った。もしかして、希楽にも、あの騒動で亡くした、誰か大切なひとが、いたのだろうか。澪の知らないところで……。

「ところで、善次郎のことや」

希楽は話題を変えた。

「具合はどうや。少しは良うなったんか」

「それが、あまり……」

「何の病《やまい》か、まだ判らへんのか」

「……はい」

「そうか」

希楽は表情を曇らせた。

本家の跡取りであり、澪の五つ違いの兄である善次郎は、奇病にかかっていた。

十日前、善次郎は取引先の蔵役人と新町《しんまち》に出向いた。

特に遊び好きな男ではないが、商売上のつきあいで、たまにそういうこともある。

夜半に戻ってきた善次郎は、疲れているからと倒れるように床にもぐりこんだ。

翌朝、目覚めたときには、全身に真っ赤な斑点《はんてん》が浮かび上がり、高熱を発し、喉《のど》が腫《は》れ上がって一言も喋《しゃべ》れなくなっていたのだ。

初めはみな、新町の遊女から妙な病をうつされたのだと思った。

だが、供をしていた手代を問いつめてみれば、善次郎は新町に行ったのではなかった。

取引先との席というのも偽りで、手代とも茶屋で別れ、ひとりでどこぞの島場所に出かけていたのだ。

「たびたび、そないなことがありました。若旦那は、名前も屋号も何も知られてへん場所で、たまにはゆっくり羽を伸ばしたい、て」

数刻が過ぎると、手代の待つ茶屋に戻ってきて、何もなかったように家に帰る。

「そやさかい、どこに行ってはるか、確かめることもしませんでした。申し訳ありまへん」

大旦那——善次郎の父である善右衛門に問いつめられ、手代の一蔵ははいつくばって応えた。

善次郎が喋れない以上、病気をどこで拾ってきたのか突き止める術《すべ》はない。筆を持たせて書かせてみようともしたが、手足にしびれがきて、どうにもならない。

こうなれば、なんとか病気の治療法を見つけだすしかない。

善右衛門は、金に糸目を付けず、市中のありとあらゆる医者を呼んだ。

かかりつけの本道医(内科)、蘭方に漢方。長崎帰りの名医として有名な、適塾の緒方《おがた》洪庵《こうあん》まで呼んだ。

それでも、善次郎の病は治らなかった。

どの医者も口を揃えて、見たことのない病状だと言った。

お手上げだった。

症状は特に悪くなるわけでもなく、一進一退を繰り返している。だが、このまま、ろくに食べ物もとれない状態が続けば、善次郎の身体は弱っていくばかりだ。

何とかしなければ。

本家には、焦りと不安がにじみ始めている。

「そうか、あかんか」

希楽は、難しい顔で顎《あご》に手をあてた。

「実は昨日、天満《てんま》の桐谷藤馬《きりたにとうま》が来てな。お役目の関係で、今、長崎のお医者を屋敷に居候させてるらしい。善次郎の病のことを話してみたら、喜んで力になる――て言うてくれたんや」

「藤馬様が、うちの留守に？」

お会いしたかったのに、と澪は小さく口をとがらせた。

町奉行所同心の桐谷藤馬は、澪の幼なじみだった。今年で二十三歳になる青年で、希楽にとっても縁の深い相手である。

藤馬の父親、桐谷藤治郎《とうじろう》が、町の道場で希楽と親しくしていた仲なのだ。もう一人、同い年の酒屋の倅、宗太郎という男がいて、希楽、藤治郎とともに、浅見《あさみ》道場の三羽烏《がらす》と言われ、兄弟のように仲が良かったという。

藤馬は父親とともに、幼い頃から鴻池新十郎家によく顔を出していた。澪と出会ったのも、そこで、である。

藤治郎は昨年鬼籍に入ったため、藤馬が家を継ぎ、今は母親と二人、天満の同心屋敷に暮らしている。

「澪、これからもう一回本家に行って、そのこと、善右衛門兄貴に話してきてくれんか」

「うちが。今から」

「そうや」

「…………」

叔父の隠居所のある和泉町から今橋まで、東横堀を越えてかなりある。一日に二往復するのは、正直、疲れる。

しかし、兄の病を治す可能性につながることなら、一刻も早く、という叔父の気持ちも判る。澪とて、そのためなら何でもしたい。

それに、藤馬が善次郎のために力になりたいと言ってくれたという。

澪には嬉しいことだった。

善次郎と藤馬とは、ほとんど面識もないはずだが、それでも気に懸けてくれているのだ。

「儂が行ってもかまへんけど、今から少しばかり、用があってな」

「もしかして、またお蘭さんのところですか」

澪は顔をしかめた。

お蘭は二町先の小料理屋〈もみぢ〉の女将《おかみ》——希楽の妾《めかけ》である。三日に一度は、希楽はそちらに泊まりに行くのだ。

希楽は苦笑いした。

「そう言うな。お蘭も、一度お前に会いたがっとってな」

「うちは会いたくありません」

叔父のことは好きだし、女房に死なれた身なのだから、女の一人や二人いてもしようがないとは思っている。若い頃は女道楽でならしたとも聞いている。妾が一人だけという今は、おとなしくなった方なのだろう。

それでも、やはり、複雑なものがある。澪は、叔父の亡き妻のことも、よく知っているのだ。

「まあ、それはともかく」

咳払《せきばら》いをして、叔父はつけたした。

「本音は、お前さんにもう一度、本家に行ってみてほしいんや。その、澪をたすけた白刃取りの町人な、どうにも嫌な感じがする。これは武芸者の勘や。本家はその男を屋敷の中に入れたんやろ。ちょっと行って、本家の様子、確かめてきてほしいんや」

「大げさやわ」

澪はくすりと笑ったが、叔父の真剣な顔を見て、案外、本気かもしれないと思った。

確かに、澪も、少しは気になっている。

あの町人、孝助。

ただの通りすがりのお人好しには見えなかった。だからこそ、何とはなしに不安で逃げてきてしまったのだが……。

「判りました、行ってきます」

澪は立ち上がった。

鴻池善右衛門の娘として本家に暮らしていたときは、一町先にお琴の稽古に行くときでさえ、かならず女中と一緒だった。大塩の乱で心に傷を受けたあとは、なおさら一人歩きが怖くなった。が、傷も癒えたあと、ひとりで出かけることを、澪は覚えた。

一度乗り越えられれば、あとは、簡単だった。

女中と一緒にいるより、気楽だ。

流行の路考茶《ろこうちゃ》を着て、当たり前の町娘の顔で町を歩けば、誰も「あれが鴻池の娘さんや」と指をさしたりはしなかった。

澪は、一人で草履《ぞうり》をつっかけ、もう一度、本家への道をたどり始めた。

三

悪い予感ほど、当たるものだ。

本家では、ちょっとした騒動が起きていた。

「いきなりのことで、何がなんだか判らんと——」

奥座敷で、兄嫁のお関が、番頭衆と大旦那の善右衛門を前に、取り乱して泣き叫んでいる。

澪はそれを廊下のすみでのぞき見たあと、古参の女中を捕まえた。

「何かあったん?」

大年増の女中は顔をしかめた。

「あの町人です。摺りもの売りの孝助。とんでもない男で——座敷で酒肴でもと準備をしている間に」

奉公人たちが場を離れ、一瞬、孝助が座敷に一人になった。その間に、姿が消えてしまったのである。

「消えた?」

「もちろん、それだけと違います」

姿が消えた孝助は、どこをどう通ったのか、病の善次郎が眠っている部屋に現れた。部屋には善次郎と、付き添いのお関だけがいた。

孝助は、驚くお関を脅し、善次郎の枕元にあった薬をすべて奪い、逃げた。

「薬を」

善次郎の病を治すため、家の者は必死になって薬を集めた。金に糸目を付けず、道修町《どしょうまち》の問屋から取り寄せた高価な唐薬種もある。もう二度と手に入らないかもしれない阿蘭陀《おらんだ》渡りの薬種もあったはずだ。

「ひどい」

「しかも、御料さんに妙なことを言うたんです」

「妙なこと?」

「あと数日が山や、あの毒を飲まされて、半月生き延びた者はほとんどおらん、て」

「毒――」

澪の声が高くなった。

「何それ。兄さんの病気は、誰かに毒を盛られたものや、て?」

「そない言うたらしいです」

「毒……」

本当なのだろうか。

――鴻池は恨み買《こ》うてる。七年前の事件はまだ終わってへん。

孝助は、そうも言ったという。

「大旦那様は、ますます難しいお顔になってしもて」

善右衛門だけでなく、澪も顔をゆがめた。

七年前といえば、忘れもしない、大塩騒動の起きた年だ。

鴻池一族を恨み、害をなしてやろうという者が、またも、現れたのだろうか、あの大塩平八郎のように。

大塩の名を思い出したとたん、澪の脳裏に、あの日町を焼いた炎が甦《よみがえ》った。ふいに足下が崩れ落ちるような感覚に襲われ、その場でたたらを踏む。

女中が慌てて手をさしのべた。

「お嬢さん、大丈夫ですか」

「大丈夫」

しかし、女中はひどく心配そうな表情になっている。

青い顔をしているのだろうな、と思った。

このところなかったことだ。昔を思い出して震えがくるなんて。

気持ちは、もう平気なのだ。大塩の名を聞いたからといって、恐怖を覚えることもない。それでも、体が震えるのはどうしてだろう。うちはもう、大塩のことなんか、怖くもなんともないのに。

「大丈夫」

繰り返して言い、澪は部屋のなかのお関に目を移した。

お関は、ただただ驚き狼狽《うろた》えてしまい、その後、逃げていく孝助をただ見送っただけだったという。

だらしない話だ。しっかりした女房だと日頃褒《ほ》めそやされていながら、肝心なときに、こそ泥をつかまえることもできないのか。

いや、つかまえろとは言わない。

刀を素手で受け止めるような男をつかまえるのは、実際、女の身では無理だろう。

それでも、悲鳴を上げて人を呼ぶとか、命がけで薬を守るとか——せめて、男が善次郎の病について何を知っているのか、少しでも聞き出すことができていれば……。

「お嬢《いと》さん」

女中は釘を刺すように言った。

「御料さんは毎夜の看病でお疲れなんです」

この女中は、未《いま》だに澪のことをお嬢《いと》さんと呼ぶ。

奉公人はみな、そうだ。

御料さんと呼ばれるのは、母が死んだ今、兄嫁のお関だ。いずれ、兄に娘でも生まれれば、その子が「いとさん」になって、澪は呼び名もなくなるだろう。もう、この家は、澪の家ではない。判っている。

「でも」

澪は感情を抑えて言った。

「薬を盗《と》られてそのまま放ってはおかれへん。毒やとか、あと数日やとか……本当のことかどうか確かめんと。まずは、お役人呼んで、泥棒を捕まえてもらって――」

「大旦那様は」

女中はあたりを気にするようにして、言を継いだ。

「薬くらい盗られてもかまへん、また買えばええ、大騒ぎして、鴻池の跡取りが毒を盛られた……て噂が広がるほうが困る、盗人の戯言《たわごと》も、真に受けるなて」

「そんな」

澪は啞然《あぜん》とした。

そんな馬鹿な話はない。

買い直せばいいというが、同じ薬が道修町にあるかどうか判らない。長崎まで注文するとしたら、何日かかることか。その間に容態が悪化したらどうするのだ。万一のことでもあったら。

第一、毒を盛られたかもしれないのに、体面を気にする大店の跡取りであるばっかりに、泣き寝入りだなんて、あまりに理不尽ではないか。

お関の泣き声が、まだ小さく聞こえている。

「そんなんあかん」

澪は挑むように言った。

「兄さんの薬は、うちが取り返す。あの男を見つけて、薬取り返して、毒の話も、きちんと確かめてみせる」

第二章　黒猫の男

一

翌日、澪は天満の板橋町に出かけた。

薬を取り戻すと大見得は切ったものの、あの町人を捜す術《すべ》があるわけではない。

ただ、顔ははっきりと覚えている。声も、仕草も。多少、身なりを変えていても、判ると思う。昔から、澪は記憶力には自信があるのだ。道ですれ違っただけの相手を、一月、二月と覚えていることもできる。

それだけで何とかならないものかと、幼なじみの藤馬に相談しに行くところだった。

供も連れず、一人だけだ。

話をすれば、希楽は当然つきあってくれるものと思っていた。

が、和泉町の屋敷に戻った澪が希楽にすべてを話すと、彼は苦笑して手を振った。

「何が起こったんかと思うたら……。たいした被害《こと》と違う。気にする必要あらへん」

「でも、その泥棒は、毒や恨みやて物騒なことも言うたそうやし……」

「その手の陰口や脅し文句を気にしとったら、鴻池の者なんか、どこにも出かけられへんで。単なるいやがらせや」

「でも事実として薬は盗られた……」

「買い直したらええ。金やったらある」

「そういう問題と違います」

「そういう問題や。鴻池にとってはな」

希楽は肩をすくめ、

「この程度のこと、表沙汰にして騒ぎたててみ。本家は町の笑い者や。鴻池は金持ちのくせに薬の一つや二つで吝《しわ》いことを言う、みっともない――」

「一つや二つと違います。特別に取り寄せたものも仰山ありました」

「それでも、噂になってしもたら、たかが薬の一つや二つ、や。それに、もしかしたら、その孝助いう男の近くにも、病人がおるんと違うんか。どないしても高価な薬が欲しかった――それやったら、ケチ言わんと、分けてやったかて、かまへんやないか。相手は澪の恩人や」

「そんなんおかしいわ。なんでうちに薬があること、あの男が知ってたんか……。兄さんの病気のことは、なるべく、外に漏《も》れへんようにしてます。今までに診てもろたお医者さんにも、ちゃんと口止めしてました。それを、通りすがりの泥棒が、一目見て毒がどうこうとまで――もしかしたら、あの男こそ、兄さんに毒を盛った犯人かもしれへん」

「考え過ぎでも、放っておけません」

「……澪」

希楽は澪の顔をのぞき込んで言った。

「どないしたんや。何をそないに意地になって──おかしいで」

「おかしいのは叔父さんの方や」

澪は口を尖《とが》らせた。

希楽なら、絶対に味方になってくれると思っていた。

本家の言うことは絶対──他の分家は、何につけてもそんな態度でいるが、希楽は違う。

善右衛門の言うことでも、気に入らなければ柳に風と受け流し、耳を貸さない。

そんな叔父が、本家と同じ、事なかれ主義を決め込むなんて。

そもそも、孝助が気になるからと、澪を本家に行かせたのは叔父ではないか。

「やれやれ」

希楽はもう一度、肩をすくめた。

「ほならな。仮に善次郎が毒を盛られたとして──や。お前さん、犯人は誰やと思う」

「それが判らへんから、捜そうと思って……」

「捜す前に考えてみ。善次郎は鴻池本家の跡取り。それを狙《ねら》うのが誰か」

「……大塩騒動の残党がまだいるとか」

「考え過ぎや」

「ありえへん。大塩与党は、あの後、奉行所が徹底的に調べた」

「ほなら。商売仇」

「商売仇が狙うなら、大旦那の善右衛門や。善右衛門兄貴が倒れたら、いくら本家でも浮き足立つ。けども、善次郎は若旦那。店の実権を握ってるわけと違う」

「なら、誰が——」

「それを考えてみ、て言うてるんや」

澪は頭をひねってみた。判らない。

「判らんのか。お前さんの頭も、案外、おめでたいな」

希楽は呆《あき》れたように言った。

「跡取りを狙うんは、その地位を欲しがる者や。定石やないか」

「え——それやったら、犯人は鴻池一族のなかのひと、て言うことに……」

「そやさかい、騒ぎ立てるな、て言うとるんや。今、本家には男子が一人しかおらん。そのたった一人の男子、善次郎には、まだ子供がおらんのやで」

さすがに澪は口をつぐんだ。

「でも、鴻池のなかで、お家騒動やて……」

信じられなかった。

鴻池一族の結束は堅い。特にあの大塩騒動以来、苦難を力を合わせて乗り越えた身内、という意識がある。少しばかりそりの合わない兄嫁もいるにはいるが、それでも、身内は身内、思いはひとつ——そう思いたい。

「鴻池の人間にとって、本家の大旦那の地位がどれほど大きなもんか。一族の者なら、欲しくなって当然や」

「————」

澪は黙って希楽を見返した。

希楽自身、本家の血筋に生まれながら、妾腹ゆえに養子に出された男だ。二十年前なら、お家騒動が起きた場合、真っ先に疑われただろう。

「そやけど」

澪は一呼吸置いて、真正面から叔父を見て言った。

「それやったら、余計に犯人捜さんと。善次郎兄さんの病気が無事に治ったとしても、この先、いつまた狙われるか。それに——うちかて」

澪の体の中にも、鴻池本家の血は流れている。たとえばの話、善次郎に万一のことがあれば、お関か澪か、どちらかが養子をとって本家を継ぐことになるだろう。その相手が、善次郎を毒殺して本家の跡取りの地位を奪い取った者である可能性だとて……。

「それはまあ、確かにな」

希楽は一瞬、真剣な目をした。が、

「けど、やっぱり、あかん。そんなことで軽々しく藤馬に会いにいくもんと違う」

「…………」

「思た通りか。あいつに相談しようと思てたやろ」

「……そやかて、藤馬様は、町方の泥棒を捕まえるのがお役目やし」

希楽の道場仲間、今は亡き桐谷藤治郎の息子である藤馬は、西町奉行所の同心だ。今は町廻りをやっている。町方の捜査にこれ以上頼りになる人間はいない。

「あかん。店の内のことをほいほいと役人に話すやて、もってのほかや」

「でも、お役人はお役人でも、藤馬様なら叔父さんもよう知ってるし、兄さんの病気のことでも、お医者を紹介してもらう約束や、て……」

「けど、泥棒や毒やて話になったら、それは別物」

「そやけど……」

「そやけどもなんもあらへん。お前さんもたいがいしつこいな」

希楽はぎろりと澪を睨《にら》んだ。

「そら、ま、お前の気持ちも少しは判らんでもないけども」

「叔父さん」

ようやく話が通じたと、澪は身を乗り出した。

まあな、と希楽はうなずいた。

「藤馬は、確かに男前や。幼なじみがあないにええ男になったら、お前が会いたがるんも判る。けど、儂には、お前に余計な虫がつかんように見張っとく責任が……」

「誰も、そんな話してるんと違います」

澪は思わず、真っ赤になって叔父の言葉を遮った。

耳まで熱くなるのが、自分で判る。

声をたてて、希楽が笑った。

「そう怒鳴るな。澪も本当に隠し事のでけん質《たち》やなあ……」

からかっているのだ。

まったく、なんて子供っぽい男なんだろう。

こっちは真面目《まじめ》に、兄の病のことを話しているのに。

叔父は叔父なりに一族のことを考えているのだ——と思った端から、これだ。

叔父のそんなところが好きだと思うときもあるが、こんなときは、このひとはただ大人になり損ねているだけだ、といらいらする。大店の主人など、とっととやめて良かった。気楽で不真面目で、とても一人前の商人の器ではない。

「もうええわ、一人でいきます」

澪は憤然と立ち上がった。


そんなわけで、澪は叔父のつきそいもなく、ひとりで淀川を越えて歩いてきたのだった。

板橋町の北には、町奉行所同心の屋敷が並んでいる。

そのうちの一軒が、西町奉行所同心、桐谷藤馬の屋敷だ。

幼なじみとはいえ、澪が藤馬の屋敷を初めて訪ねたのは、一年ほど前のことだ。

二人には、顔を合わさなかった時期がある。

子供の頃には希楽の家で兄妹のようにじゃれ合った仲だが、五歳年上の藤馬は、十五歳で同心見習いとして役所にあがることになり、澪と遊んでいる暇などなくなった。

同時に、澪にも嫁入りの時期が近づき、まわりの大人たちが自然に、余所《よそ》の男からは引き離した。

数年ぶりに藤馬に会ったのは、澪が後家になってから、五、六年は経《た》った頃だ。

心の傷が癒えてきたとはいえ、長い間屋敷にこもって暮らしていた澪には、叔父と、身の回りの世話をしてくれる女中以外に、言葉を交わすひとはほとんどいなかった。

そこに、藤馬が、ふいに現れた。

今思えば、藤馬はそのころ、ちょうど父親を亡くしたばかりだったのだ。父を懐かしく思う気持ちもあって、父の友人だった希楽のもとを訪れたものに違いない。

中庭で希楽と立ちあっている藤馬の姿は、澪の視界にいきなり飛び込んできた。

藤馬だと、すぐに判った。

面影は、そのままだった。

ただ、びっくりするほど背が高くなり、肩幅も広く、どちらかといえば小柄だった身体は、希楽よりもたくましくなっていた。

後から希楽に聞いたところによると、藤馬の父親は、こっそりと錦絵《にしきえ》が売り出されたほどの男前だったそうで、藤馬はその父の若い頃に生き写しらしい。

藤馬は、真剣そのものの眼差《まなざ》しで、竹刀を手に、叔父と向かいあっていた。

そういえば藤馬様は武士だったのだと、澪は改めて思った。

同時に、武士が刀を構える姿を凛々《りり》しいと、初めて感じた。

大坂の豪商の娘である澪は、それまで、まわりの大人たちと同様、「禄取り」の武士など、同じ町の者と認めてもいなかった。

が、藤馬からは目が離せなくなった。

藤馬は、立ちあいが終わると、心底から悔しそうに、畜生、と言った。

「今度こそ、負けないと思ったのに」

地面を蹴って言い捨てる姿に、澪は思わず笑ってしまった。

昔とまるで変わっていない。昔から、藤馬は負けず嫌いで、双六《すごろく》で負けることすら嫌がる男だった。そして、そんな気性を隠そうとしない。

(昔と同じ……)

その気持ちが、安心感に変わったのだろう。

お茶でもいかがですか——と澪は藤馬に、構えることなく声をかけていた。

視界の端で、澪が自分から人に話しかけたことに、希楽が驚いているのが見えたが、そんなことは気にならなかった。

しかし、肝心の藤馬は、ろくに澪の顔も見ず、役目があるので失礼、とだけ言い置いて去ってしまった。

忙《せわ》しない男やなあ、と希楽は取りなすように言ったが、それにも応えられないほど、澪は深く傷ついた。

藤馬は自分が判らなかったのだ。

藤馬の目に、自分は昔の澪と同じには映らないのだ。自分はすぐに、藤馬が判ったのに。

（後家やから……）

他の男に嫁ぎ、出戻ってきた娘だから。

もう、藤馬の目には、自分は映らないのだ。

だが、次に姿を見せたとき、藤馬は、照れながら、澪に蒔絵《まきえ》の櫛を差し出し、言ったのだ。

「悪かった。この間は、びっくりして……。まさか、澪がこんなに綺麗《きれい》になって、希楽殿のところにいるとは思わなかったんだ」

そんなことがさらりと出来る藤馬は、相当の遊び人なのだ、と希楽はあとから澪に言った。

「あの手の男に関わったらあかん。人の好さそうな顔して、藤治郎も、どんだけ町娘を泣かせとったか」

だが、そんな叔父の忠告は無駄に終わった。

幼なじみはすぐに、昔通りに戻った。

澪は、屋敷に藤馬が来るのを心待ちにするようになったし、藤馬は、澪に優しかった。大塩騒動以来、澪が外に出ることに怯え、家にこもりがちで暮らしていたのだ、と知ると、

「馬鹿だな。あんな騒動は二度と起こりやしない。起こったとしても、おれが守ってやる」

からりと笑って、そう言った。

「あんな昔のことを怖がって家にこもっているなんて、ばかばかしい。怖いなら、おれがどこにでもついていってやるよ」

そんなことを言って、非番の日には、芝居だの、花見だのにまでつきあってくれた。

一度、祭りを見に行った天神社の茶店で、藤馬の同僚たちに出くわしたことがあったが、同輩の逢い引き姿を見つけたと冷やかす男たちに、藤馬は言った。

「澪は昔っから、おれの妹みたいなもんだ。一緒に出歩いて、何が悪い」

妹――との言葉に澪は複雑な気持ちになったが、それでも、藤馬と過ごす時間は楽しかった。

希楽も、口では関わるなと言いつつ、旧友の倅と自分の姪《めい》が仲良くなることを、喜んでいるようだった。

はっきりとは語らないが、澪が藤馬と離れていた頃、藤治郎と希楽も、あまり往《い》き来がなくなっていたらしい。

原因は、あの大塩騒動の際、藤治郎の親しくしていた町奉行所同心が挙兵に加わっていたことだろうと、澪は思っている。

焼き討ちに加わった者と、その被害に遭った者。

双方を友人に持っていた桐谷藤治郎は、胸中に複雑な思いを抱き、以後、鴻池の屋敷から足が遠のきはじめた。町道場にも顔を見せなくなった。

そして、いつしか、希楽とは疎遠になった。

そんな旧友の倅が、藤治郎の葬儀に希楽が出向いたことをきっかけに、足繁《あししげ》く屋敷に訪れ、希楽との時間を楽しむようになった。

希楽が喜んでいないはずがない。

だから、今回の件でも、本心から藤馬の協力を拒んではいまい——澪はそう思っていた。

同心屋敷の前まで来ると、澪は足を止めた。

訪《おとな》いを入れる前に、鬢《びん》に手をあてて髪を整える。

以前に藤馬にもらった櫛を、今日も髪にさしていた。

別に、藤馬に会うのが目的で来たわけではない。あくまで薬泥棒の町人を捕まえ、兄の病について手がかりを得るために来た。

叔父にからかわれたから、というわけではないが、さっきから、そのことだけは自分に何度も言い聞かせている。兄の病や泥棒騒ぎを、自分の都合に利用していると思うのは、気が引ける。

それでも、櫛が綺麗に見えるかどうか、気になるのはしようがない。

「ごめんください」

内に声をかけたが、誰も出てこなかった。

澪は迷ったが、勝手に屋敷の門をくぐった。

藤馬が役所詰めで留守のときは、家には母親と老僕しかいないはずだ。

藤馬の母、登和《とわ》は、近くの寺子屋の娘に生まれ、藤馬の父とは幼なじみだった女性だ。身分違いの恋を貫いた快活な女性で、武家の内儀になったあとも、一人で気軽に町家に出かけ、一人暮らしの老人や、病人の面倒を見ている。

澪とも気さくに話をしてくれる優しい内儀だ。

庭にまわって縁側からのぞけば、案外、針仕事でもしているかもしれない。

「こんにちは」

庭を歩きながら、澪は屋敷のうちへ、もう一度、声をかけた。

澪が手にした風呂敷には、菊屋の饅頭が包んである。

登和の好物だ。

御用繁多の藤馬に、すぐ会えるとは思っていなかった。

でも、登和にだけでも会えれば。鴻池の澪が藤馬に会いたがっていると伝えてもらえれば。

枝折り戸《しおど》のむこうを見やれば、こぢんまりと整えられた庭の一隅に、派手な橙《だいだい》色をした、あまり美しくない花が咲いていた。舌のように一枚だけ伸びた花びらが、斑《まだら》で毒々しい。何かの本で見かけた唐薬種に似ている。

前に来たときは、こんな花はなかったはずだ。

（いつの間に、こんな花畑を……）

しげしげと眺めていると、視界の端で何かが動いた。

顔を上げれば、黒い猫だった。

隣家との仕切に作られた板塀の上から、庭に飛び降り、光る目でこちらを見ている。

「あ」

澪は小さく声をあげた。

（この猫……）

見覚えがある、と思った。

なんの特徴もない、真っ黒の猫だ。

だが、自分をじっと見上げる顔に、覚えがある。

（あのときの猫）

店先で、菊池とかいうたかり侍に斬られかけたとき、侍の顔に飛びついた猫がいた。あの泥棒の孝助が現れる前だ。侍の邪魔をし、澪を助けてくれた。

その猫に似ている。

（でも、まさか）

ここから本家まで、淀川を渡ってだいぶある。同じ猫のはずがない。
黒猫は、甘えるように、にゃあと啼《な》いた。
人慣れしている。
澪はかがみ込み、手をさしのべてみた。
猫はゆっくりと澪に歩み寄ってきた。
可愛らしい、と澪が目を細めた瞬間だった。
猫はいきなり澪に飛びついた。
驚いた澪は声をあげたが、黒猫は構わず、澪の髪から櫛をくわえ取って地面に降りた。
と思うと、そのまま外に逃げていく。
「待って」
澪は叫んだ。
「どなた？」
家の中から澄んだ声が聞こえてきた。藤馬の母の登和だ。
が、澪には応えている暇がなかった。
櫛をとりかえさなければ。
（藤馬様にもらった櫛）
猫を追って屋敷の外に走り出た。
しかし、所詮《しょせん》、人間の足で猫に追いつくなど不可能だ。

角を曲がったところまでは追いかけたが、そこで、猫が、ひょいと身軽に、余所の家に入ってしまった。

塀を飛び越え、庭木に登って、あっという間に姿を消していく。

忌々しい、と澪は胸の内で悪態をついた。

大事な櫛なのに。

やっぱり、あのときの猫だったに違いない。泥棒と一緒にいた猫だけに、性根が悪いのだ。

（でも――）

なおも諦めきれず、澪は、背伸びして塀の向こうをのぞき込んだ。

まさかと思うが、あの孝助とかいう泥棒の飼い猫で、飼い主がここにいる――ということはないだろうか。だったらちょうどいい。薬泥棒の件で問いつめてやるのに。

少し先に、勝手口が見えた。

木戸がはずれかけ、中がわずかに見えた。空き家かもしれない。

ちょっとだけ、のぞいてみようか。

あたりを気にしながら、澪は勝手口の木戸に手をかけた。

不穏な声が耳に飛び込んできたのは、そのときだった。

二

「放して……」

強《こわ》ばった女の声だ。

「放しなさい。そのようなものは持っていない……放せ」

木戸に手をかけたまま、澪はどきりとして動きを止めた。

「騒ぐな」

押し殺した男の声が続いた。

「おとなしくしていれば、命までは取らん」

「うるさい、放せと言っている……」

脅しつける男の声に、ふるえを抑えた女の声がかぶる。

男は、喋っている者の他に、二、三人の気配がある。

(――どうしよう)

何人かの男が、女に悪さをしようとしているのだ。

女は気丈な声を出しているが、放ってはおけない。

恐ろしさに息は止まりそうになり、鼓動は裏腹に早くなる。

とにかく、助けを呼ばなければと、澪はきびすを返した。

その拍子に、木戸にかけた手に力が入り、澪は息を飲んだ。

戸が大きくきしみ、音を立てたのだ。

その気配に、中の男は気づいたようだった。

「誰だ」

勝手口から飛び出してきたのは、崩れた身なりの若侍二人だった。

澪は逃げようとしたが、あっという間に腕を摑《つか》まれた。

「誰か助け――」

助けを呼ぼうとした口を、手でふさがれる。そのまま、塀の中にひきずり込まれた。

中にいた男が、澪を見て驚いた顔になった。

「お前――鴻池の後家小町」

どうして知っているのだろう。

訝《いぶか》りかけて、澪は目を見開く。

男は、この間、今橋にたかりに来た侍だった。

駕籠を囲んで本家に押し掛けてきた男――確か、菊池兵吾とか言った。

澪を押さえつけている二人も、男の脇で町娘に脇差をつきつけている男も、おそらく、あのときの仲間だ。

「なんでここにいる」

訊《き》かれても、澪は口をふさがれているのだ。応えられない。

それに、訊きたいのは澪のほうだった。なんで、今橋で会った侍たちが、今度はここにいるのか。

男たちの向こうに、女が立っている。

着ている物は洗いざらしの木綿だが、美しい女だ。二十二、三といったところか。肌が驚くほど白い。日に透けたような薄茶色の髪が目立つ。

青い顔をしていたが、澪を見る目は落ち着いていた。取り乱している様子はない。

「さては、小町殿も、この女の持つ薬がねらいか。鴻池の跡取り殿は奇病に冒され、一族総出で、町中の薬をかき集めているのだろう?」

女の持つ薬?

「何の話」

男たちの手を振り払い、澪はなんとか声をあげた。

「それに、なんで兄さんの病気のこと、あんたらが――」

相手が侍でも、とても敬語を使う気にはならなかった。

「さあな」

菊池は笑った。

「だが、奸商の倅《せがれ》が病と聞いて、手をたたいているものは多かろうよ。金の亡者にふさわしい報いだ、とな」

瞬間、澪の胸の底に怒りが湧いた。両替商を金の亡者というなら、その亡者に金を借りながら威張りちらすお武家連中はなんなのだ。亡者以下の存在ではないか。

「臆病侍がえらそうなこと言わんといて」

澪は菊池を見据えて言い返した。

「通りすがりの町人に投げ飛ばされて真っ青になってたくせに。大勢でたばにならんかったら何もできひんくせに」

とたん、菊池の目がつり上がった。

澪の襟《えり》をつかみ、

「つけあがるなよ、女」

「おい、待て、菊池」

仲間の一人が、慌てて菊池の腕をつかんだ。

「鴻池の娘に手を出したら後がうるさいぞ。あのときも、後からさんざん文句を――」

「うるさい、お前はそっちの女をちゃんと見ていろ」

菊池がわめいたが、すでに遅かった。

「わあっ」

男が叫んだ。

首筋に刃をつきつけられていた女が、男の隙をついて、脇差を握った手を両手でねじりあげたのだ。

男は不意を突かれ、脇差を取り落とした。足下に転がった脇差を、女はすかさず拾い上げた。それで逆に男に斬りかかろうとする。
「くそ」
「――女《あま》っ」
澪を押さえつけていた男が、そちらに目を向けた。
澪も、その隙を見逃さなかった。
逃げるなら今だ。
男を突き飛ばし、走り出した。
女も、脇差を振り回しながら、ついてくる。
二人は、もつれ合うようにして、木戸の向こうに転がり出た。
「誰か、助けて――」
かすれ声で助けを求めたが、往来には誰もいなかった。
焦ってあたりを見回した。
にゃあ、と猫の鳴き声が聞こえた。
見上げると、あの黒猫が塀の上にいる。
そのまま塀の上を走り出した猫の行く手を見やり、澪はあっと声をあげた。
あの男だ。
摺りもの売りの孝助。
今橋のときと同じく、丸腰の町人姿でこちらを見ている。

（何で、ここに）

これで、あのときと同じ顔ぶれが揃ったことになる。

――偶然だろうか？

茶色の髪の女が悲鳴をあげた。

男の一人が女の袖をつかんだのだ。

「助けて」

考えている暇はない。

澪の喉から声が漏《も》れた。

「お願い、助けて」

夢中だった。

孝助がこちらに近づいてくる。

「なんだ、お前」

「貴様――あのときの」

ようやく、男たちも孝助に気づいた。

「お前、さては後家小町の用心棒か」

誤解したようだった。

「ならば用心棒からたたきのめしてやる」

男のなかで、いちばん大柄な侍が、そう言って孝助につかみかかった。

細身の孝助と比べれば、倍ほども大きさが違うように見える。

だが、大きな音がして、地面に倒れたのは、大男のほうだった。

何が起こったのか判らない。

柔術を使ったようにも見えた。

残りの男たちが、一瞬、息をのみ、動きを止める。

孝助は構わず、男の胸を踏みつけた。にやりと笑う。

ぐきりと嫌な音とともに、男は悲鳴をあげた。肋骨《ろっこつ》を折られたのだ。

「この野郎」

二人目が飛びかかった。

丸腰の孝助に、刀を抜いて突っ込んでいくが、孝助は、刃をやすやすと躱《かわ》し、逆に腕をねじり上げて刀を奪った。ものすごい膂力《りょりょく》だ。

三人目の動きが止まった。

明らかに逃げ腰になり、助けを求めるように、いちばん後ろにいた菊池に視線を向けた。

菊池兵吾は、青ざめた顔で立ちつくしていた。

孝助がその菊池を見た。

二人の視線がぶつかり、動きが止まった。

「――澪！」

そこで、新たな声がした。

聞き慣れた声だった。

足音も近づいてくる。

「お前ら、何をしている」

「藤馬様」

澪が振り返るより先に、茶色の髪の女が叫んだ。

「藤馬様、こちらです」

駆けてくるのが藤馬だと、澪はそこで気づいた。

同時に、

（――藤馬様の知り合い？）

澪は思わず女を見直した。

藤馬は十手を腰に差し、手先とおぼしき町人の供を連れている。

役人か、と吐き捨てるような声を、菊池が口にした。

藤馬は、あっという間に駆け寄ってきた。

「お前ら、何者だ。何をしていた」

「邪魔をするな」

菊池が藤馬に刀を向けた。

藤馬は怯まなかった。

「狼藉者、どこの藩士だ」

「不浄役人に話すことなどない」

菊池は挑むように言ったが、

「菊池、退《ひ》くぞ」

仲間の一人が制した。

「役人が関わると厄介だ」

菊池は顔をしかめたが、仲間の言うとおりだと判断したのか、刀を納め、身を翻した。

「待て」

藤馬は叫んだが、相手は三人である。深追いすると、危険だ。

忌々しげに舌打ちをしながらも、追うのは諦め、澪に向き直った。

「澪、怪我は」

「大丈夫」

澪は、安堵《あんど》に崩れ落ちそうになる膝《ひざ》を必死に支え、うなずいてみせた。

「藤馬様が来てくれたし」

すがりつきたい気持ちをこらえ、できるだけ落ち着いた声を出した。

「志津《しづ》も大丈夫か」

藤馬は、もう一人の女のことをそう呼んだ。

大丈夫です――と女が青ざめた顔でうなずく。

藤馬が、心底ほっとした顔になった。

瞬間、澪は心がざわつくのを感じた。藤馬が、自分よりも、志津と呼んだ女のほうを心配していた――そんな気がしたのだ。

「仲間はおきざりか」

藤馬は吐き捨てるようにつぶやいた。

菊池たちは、地面で呻《うめ》いている仲間を放ったらかしで逃げたのである。

次いで藤馬は、着物の埃《ほこり》をはたいている孝助に目をとめた。

「あんたが二人を助けてくれたのか」

「……悲鳴が聞こえたさかい」

孝助は、肩をすくめ、手にしていた刀を往来に投げ捨てた。汚いものでも触ったかのように、手をこすりあわせている。

「そうか。礼を言う。名前を聞かせてもらおうか」

言葉は丁寧だが、詰問《きつもん》口調だった。

さすがは町廻りの役人だけあって、孝助という男が、単なる通りすがりではなかろうと見抜いたのだ。

孝助は、藤馬を見返した。

「勘弁してください、お役人様」

薄く笑って手を振り、

「ただ、通りがかっただけですわ」

「しかし、何があったか見ていたはずだ。詳しい話を聞きたい」

「お断りします。――急いでるんで」

「名前は？」

「お断りします」

二人がにらみ合った。

「――そやけど」

澪は口を挟もうとした。

摺りもの売りの孝助――この間はそう名乗った男ではないか。

「澪の知り合いか」

澪の顔色を見て、藤馬が問うた。

「いえ、通りすがりです」

強い口調で遮ったのは孝助だった。

「そうやな、お嬢さん」

念を押すように言い、澪に目を向けた。

その鋭い視線に、澪は思わず口ごもる。

「ほなら、儂はこれで。急ぎの用がありますよって」

孝助は、藤馬から顔を隠すようにして、背を向け歩き去っていく。

「おい、待て」

藤馬が言った。

引き留めなければ、と澪も思った。

引き留めて、礼を言わねば。

そして、今橋の屋敷から盗んでいったものを返してくれと言わなければ。

だが、声が出なかった。

──何も言うな。

細く鋭い目は、澪にそう告げていた。

従わなければ何をされるか判らない──そう思わせる目だった。

不思議なことに、藤馬も、待てと言ったきり、追おうとはしなかった。

相手は一人きり、しかも町人──にもかかわらず、藤馬は追わず、相手が去るのを黙って見送った。

うかつに追わない方がいいと、悟ったかのように。

にゃあ、と猫の鳴き声がした。

さっきの黒猫が、孝助の背を追ってかけていく。

澪と藤馬は、黙ってその姿を見送っていた。

三

「澪に怪我がなくて、本当に良かった」

一刻後、藤馬の屋敷で、ようやく落ち着いた澪に、藤馬は改めて言った。

藤馬は、仲間たちに置き去りにされた怪我人を、とりあえずは手先に預けて、近くの町会所に連れて行かせた。

男は素性を喋ろうとしなかった。

しかし、武士身分であることは見て明らかであるし、何よりも怪我の手当が必要だ。縄をかけて奉行所に引っ張るわけにはいかず、とりあえず、治療の名目で監視下に置くほかなかった。

大坂市中の治安を乱す者を捕らえるのは町奉行所の役目だが、実際のところは、藩士身分の男を、藩の承諾なしにひったてるわけにはいかない。

それでも、このまま放ってはおかない、と藤馬は強く言った。

素性をきっちりと調べ、たとえ大藩の家臣であったとしても、しかるべき罰はうけさせる、でなくては、役人としても、男としても、納得できない——と。

「澪を危ない目に遭わせた男だからな。放っておいては、希楽殿にも顔向けできない」

「でも、藤馬様のおかげで、助かりましたし」

澪は控えめに応えた。

久しぶりに会う藤馬は、変わらず凛々《りり》しい。

しかし、その藤馬の隣には、あの茶色の髪の女――志津が座っている。

「子細あって、こちらでお世話になっております。志津と申します」

志津は、自分の口から、澪にそう名乗った。

「うちは女手が足りないから、母の手伝いなどしてもらっているんだ」

言い足したのが藤馬で、その母の登和は、帰ってきた藤馬から事件を聞かされ、驚き、青い顔で部屋にこもってしまった。気丈な町人あがりの内儀も、目と鼻の先で物騒な事件があったと聞いては、平静でいられなかったようだ。

志津は、生まれ育ちは長崎で、最近、大坂に来たのだと藤馬は説明した。

なぜはるばる旅をしてきたのか、藤馬とどこで知り合ったのか、何も言わず、ただ、

「女ながらに蘭方医学の心得もあるので、母が町の年寄たちの世話にいく際にも、助かっているんだ」

藤馬は照れたように付け足した。

「もしかして」

澪は、希楽から聞いた話を思い出した。

「藤馬様のお屋敷にいてはる蘭方医て……」

「ああ、志津のことだ。志津は、長崎で医者のもとにいて、修業をしていたから」

「そうですか」

声が固くなるのを、抑えられなかった。

居候の蘭方医というのが、こんなに綺麗な女だったとは。

いつから、藤馬の屋敷にいたのだろう。

そういえば、このところ、藤馬は和泉町にもあまり姿を見せてくれなかったし、澪の方から遊びに来たこともなかった。それは、志津がいたからなのだろうか。

志津は、澪よりは年上、藤馬よりは年下に見えた。

落ち着いた物腰は、やはり医者だからか。

さっきも、男達に絡まれながらも、冷静だった。見た目も、髪には櫛もささず、男物と見紛《みまが》うような地味な紺地を着て、華やかさこそないが、美しい。

「澪のおかげで志津も助かった。改めて、礼を言うよ」

藤馬のそんな言葉にさえ、澪はひっかかった。まるで志津を自分の家族のように扱っている。

(居候やて聞いたけど)

庭の隅にあった、薬草畑のようなものも、もしかして、志津が作ったのだろうか。だとしたら、すでに身内のようにこの家になじんでいることになる……。

「あの空き家は、かつて城の弓同心の屋敷で、今は跡取りがなく、放ったらかしだったんだ。野良犬が住み着いている、とは聞いていたが、あんな連中が入り込むとはな。どこの藩士であろうと、蔵屋敷に訴えて、相応の処罰を与えてもらわねば」

「そやけど、あんまり無茶をしはったら、藤馬様が後からお困りになりませんか」

大坂に暮らす武士は、大きく分ければ三つ。大坂城代、城番ら、城詰めの衆。各藩が大坂に構える蔵屋敷に派遣されてくる藩士たち。そして、町奉行所の与力、同心衆だ。

このうち、奉行所の与力、同心だけが大坂地付きの侍で、江戸から交代でやってくる町奉行を支え、町のために代々働いている家筋なのだが、権力はさして大きなものではない。所詮は下っ端の不浄役人――大藩の権力を背後に持つ蔵役人たちは、はなから馬鹿にしている。

「そんなことを言っている場合じゃないだろう。女を大勢で拐《かどわ》かそうとするなど、不届き千万。このあたりの娘さんたちにも、充分に注意をしておかないと」

「藤馬様、でも、連中は町娘なら誰でも――と狙ったわけではありません」

そこで、志津が控えめだが、はっきりとした声で口をはさんだ。

「連中の目当ては、私が長崎から取り寄せた薬。それを脅し取ろうとして、あんな無茶を」

「薬――」

藤馬は問い返した。

「というと、例の薬か」

「そうです。あの――」

志津は、藤馬に目配せをした。

そうか、と藤馬は難しい顔でうなずいた。

「なんのこと」

澪は口をはさんだ。

二人だけで会話が進んでいるのが、面白くない。

それに、薬という言葉は、澪にも気になる言葉だった。

そもそも、澪がこの屋敷にやってきたのも、薬泥棒を捜す手伝いを藤馬に頼むため、なのだ。その薬泥棒本人には、さっき、目の前で逃げられてしまったが。

「実は……」

これは奉行所でも内密の話なんだが、と前置きしてから、藤馬は眉間《みけん》に皺《しわ》を寄せ、口を開いた。

「町奉行所の同輩が、二月前、突然、病に冒された。身体中に斑点が浮かび、手足がしびれ、言葉も消える。熱が高下して、意識もうつろになる……。奇病だった。半月ほど苦しんで、息を引き取った。おそらく、誰かに毒を盛られたもの——役所では、そう判断している」

え、と澪は声をあげた。

「それは、うちの兄さんの病と同じ……」

「だから、希楽殿から鴻池の若旦那の話を聞いたとき、気になったんだ。それに、同じ症状で死んだ者は、他にもいる」

「本当ですか」

「伏見町の唐物問屋天満屋の主人と、その妾だった女だ。二人とも、一月前に亡くなった。港で船荷の荷揚げを手伝う仲仕の頭《かしら》で、文蔵という男も同じ目にあっている。同じ病――同じ毒だ」

三人とも、病を得てから半月ほどで死に至っている。

「そんな大勢のひとが……」

藤馬はさらに声を潜めた。

「殺された役人は、青木忠左衛門といって、以前から、とある抜け荷商いについて調べを進めていた男だった」

「抜け荷……？」

「そうだ。文蔵は、その抜け荷に関わっていると、青木が目をつけていた者。それが両方殺された――抜け荷がばれそうになって困った輩《やから》が、口止めのために始末した可能性が高い」

藤馬は淡々と話したが、澪はぞっとなって身震いした。

なんて恐ろしい話だろう。抜け荷のために人を殺すなど。

藤馬は、そんな澪を探るように見た。

「もしやとは思うんだが……唐物問屋の天満屋と、鴻池は、商いの取引があるのだろうか。

知っていたら教えてくれないか」

どうしてそんなことを訊くのかと、一瞬、澪は首を傾げた。

が、すぐに気づいた。

「それは、もしかして、鴻池が抜け荷に関係してる——そういう意味ですか。そやさかい、兄さんも同じ毒を盛られた——て、藤馬様は」

さすがに気色《けしき》ばんだ。

いくら藤馬でも、そんなことを言われては黙っていられない。

 鴻池一族は、後ろめたい商いで財をなした家ではない。長い年月、代々の当主や奉公人が、一丸となって商いに打ち込んできた、その結果としての富だ。——財産だ。不当な手段で築いたものと思われるのは心外だ。聞き捨てならない。

藤馬は慌てて手を振った。

「そういうわけじゃない。それに、殺された天満屋には抜け荷の疑いはかかっていない。むしろ、抜け商いをやっているものに、恨まれていた可能性が高いんだ。だから、鴻池も同じなのではないか、そう思っただけだ」

「そう……」

それならば、まだ納得できる。

それでも、澪は、なお表情を強ばらせながら応えた。

「鴻池は、抜け荷なんかにつながりはありません」

本家の娘として、一族を侮辱されることだけは許せない。

鴻池は抜け荷になど手を出さなくても、充分に、商いを成り立たせることができる家だ。親の代から鴻池の者と親しくしている藤馬なら、当然、判ってくれているはずだと思っていたのに。

そうか、と藤馬は、澪の胸中など気づいてもいない様子でうなずいた。

「しかし、やはり、鴻池の若旦那が、同じ毒を、同じ時期に盛られたのは、気になるな」

「兄さんは」

抜け荷の話よりも、澪には確かめたいことがあった。

「兄さんは助からへんのやろか。半月過ぎたら、そのお役人様や、仲仕の親方みたいに」

「いや、そんなことはない」

藤馬は力強く言った。

「薬が見つかったんだ。ここにいる志津が、長崎の医者に問い合わせ、取り寄せてくれた」

「え」

澪は身を乗り出した。

はい、と志津がうなずいた。

「藤馬様と事件のことを調べ始め、東西の文献をあさり、長崎の師匠にも訊《たず》ね――ようやく、毒の正体らしきものが判りました。唐渡りの亜米利加《あめりか》の書物に、似た毒の話が出ていました」

「唐渡りの亜米利加の書物――」

また、たいそうな物を読んでいるのだと、澪は目の前の女を見つめ直した。

「あまり大声で言える話ではありませんから、聞かなかったことにしてください」

志津は軽く肩をすくめた。

異国の書物は、正規の本屋を通して売り出すためには、奉行所の検閲を受けねばならず、なかなか売買の許可が下りない。そのため、唐物問屋が裏でこっそり売買したり、本屋が闇取引でながしたり、と便宜を図るのが常のことだ。

奉行所の役人も、医学や天文学の書物ならば、と、近頃では大目に見ることが多い。

ひと昔前は、蘭学すなわち切支丹《きりしたん》とみなされ、厳しい取り締まりを受けもした。蘭方医は異国の手先と異端視されたし、蘭方の薬もなかなか許可が下りなかった。

だが、最近では、蘭方の学問が世の中の役に立つことを、さすがに、役人たちも認めざるを得なくなってきている。

数年前に、名医緒方洪庵が瓦町《かわらまち》に適塾を開いたことも、時流を変えた大きな要因のひとつで、蘭方で命を救われた者が増え、誰もが、蘭学の必要性を認めるようになったのだ。

藤馬も、そのあたりは判っているらしい。

抜け商いも、書物くらいなら見ないふりもできるのだが、と付け足し、

「亜米利加の蜘蛛《くも》の毒に、似たものがあるらしい、向こうでは、昔から矢毒に使うなどし

ていたそうだ。その毒を、誰かが、この町に持ち込んだのだ。それも、おそらく、抜け荷商いによるものだろう」

「恐ろしい」

澪は身を震わせた。

でも——と志津はきっぱり首を振った。

「毒の正体が判れば、解毒の方法も見当がつきます。同じ亜米利加でとれる草の根が効くのです。長崎の知り合いに文《ふみ》を出し、手に入れることができました。わずかな量なので、せいぜい一人分か二人分ですが、鴻池の若旦那様のところに、すぐに持参します。きっと効くはずです」

「おおきに。ありがとうございます」

しかし……と藤馬が話を継いだ。

「たとえ患者を治す方法を見つけたとしても、犯人を放っておくわけにはいかない。唐物問屋に、仲仕に、蔵役人、そして、鴻池の若旦那。ここまで被害者が出ている。奉行所でも、捜査を進めるつもりだ」

自分としても、このまま放ってはおけない、と藤馬は言った。

それはそうだ、と澪もうなずいた。

その長崎からの薬が効き、善次郎の病が治ったとしても、すでに何人もの命が奪われている。犯人を野放しになど、しておけない。

「藤馬様が調べてくれはったら、心強い……」

「必ず捕まえてみせる。澪も協力してくれ」

はい、と澪は強くうなずいた。

(そやけど)

同時に、澪は、さっきの侍たちのことを思い出した。

連中は、志津がその薬を取り寄せたことを、すでに知っており、それを奪おうとした。

なぜ、薬が欲しいのだろう。

薬を欲しがるのは近くに病人がいるからではないか――希楽は、そう言っていたが、そんな殊勝なやつらには、とても見えなかった。

彼らは善次郎の病のことも知っていた。

(やっぱり、あいつらが、毒を盛った一味では)

奸商――鴻池一族のことをそうさげすんだ奴らだ。

薬を奪おうとしたのは、治療の邪魔をするため――その可能性もある。

(それに)

あの黒猫の男――孝助のことも気になる。

一度ならず、二度までも、澪を助け、侍たちを手玉に取った腕利きの男。だが、それはつまり、二度も、侍たちの行く先に現れた、ということでもある。

いったい、何者だ?

夕刻、藤馬は澪を、和泉町の隠居屋敷まで送ってくれた。

希楽はまだ戻ってはいなかったが、明日にでもまた挨拶に来ると藤馬は言った。

「希楽殿にも、いろいろと相談に乗ってもらいたいんだ。よろしくお伝えしてくれ」

今橋の本家には、明日にでも、志津を連れて診療に出向くと言ってくれた。

「善次郎殿に、すぐにも薬を届けないと」

「今橋の父には、うちから話しておきます」

「頼む。事件の捜査のため、いずれ奉行所の者が出向くだろうが、さすがに鴻池の本家は敷居が高い。前もって話が通っていれば、やりやすい」

判りましたと澪はうなずいた。

そのまま、女中に軽く会釈して、藤馬は帰っていく。

澪はその姿を、見えなくなるまで、門の脇で見送った。

毒。抜け荷。何か恐ろしいことに関わってしまった気がする。

だが、その恐怖は、同時に、今までに感じたことのない高揚も、澪の胸にもたらすものでもあった。

事件を解き明かす。兄を助ける。藤馬と一緒に。そのために、自分も出来る限りのことをする。この手で……。

あの女《ひと》も、藤馬に協力しているのだ。自分だって、じっとしてはいられない。

きっと、役に立ってみせる。謎《なぞ》を解くために……。

その夜は、床についてからも、なかなか眠れなかった。

明け方近くなって、ようやくうとうととまどろんだとき、黒猫が夕暮れの町をかけていく夢を見た。


「……あいつ、戻ってきたのか——」

西日の射《さ》す部屋の隅で、菊池兵吾はひとりつぶやき、再び杯をあおった。

部屋に戻ってから、もう何度、その言葉を繰り返しただろう。

一瞬、懐かしい金沢の城下町が目の前を横切り、消えた。

もう一度、杯を満たそうとして、すでに徳利が空《から》になっていることに気づいた。酒浸りだな、と思う。

このところ、こんなことばかりしている気がする。

兵吾は手を打ち、女中を呼んだ。酒の追加を命じる。しかし、女中は首を振った。

「そのように飲まれては……奥様も案じておられます」

ふん、と兵吾は鼻で笑った。

「美咲《みさき》が？——ふん、案ずるものか。眠ったきりであろうが」

「お昼過ぎに、一度、お目覚めになりました」

「目を開けて、また閉じただけだろう。あの毒に冒された身体は、そう簡単には治らん。それを自ら——馬鹿な女だ」

「でも、奥様が口にされたのは、わずかな量。養生していればきっと治ります。今日も確かに、お目覚めになったのです。そして、兵吾様のお姿をお探しになって——」

「探した？　そう見えただけだろう。——名を呼んだわけでもなかろうに」

「そんな……」

酷《ひど》いことをと、女中は眉をひそめた。

「……ふん」

兵吾は鼻で笑った。

女中は恨みがましい声で言った。

「あのとき、旦那様が、お出かけでなかったら……」

どうしてそばにいなかったのかと責めているのだ。

馬鹿な。四六時中、病人のそばになどいられるものか。……しかし、もしもあいつならば、付きっきりで看病でもするのだろうか。

「くだらん」

今さら何を思ったところで、始まらない。すでに何もかも狂ってしまった。

狂い始めたのは、あのときだ。

あの日、業火に焼け野原になった町で、おれは捨てられた。
——くだらん。
兵吾はもう一度、つぶやいた。
それから、また杯に手をのばし、それが空だと気づいて、舌打ちした。

第三章　曾根崎新地

一

翌日の午《ひる》、妾宅からようやく戻ってきた希楽に、澪はさっそく、昨日の話をした。今度こそは、いくら希楽でも、笑い事ではすますまい。自分も事件の解決に力を貸すと言ってくれるはずだ。

澪はそう信じていた。

しかし、希楽は、高揚した口調の姪を、あきれ顔で見た。

「役人には言うなて、あれほど言うたのに。……藤馬も藤馬や。ひとの家の娘を妙なことに巻き込んで。抜け荷？　異国渡りの薬？」

捕り物ごっこもたいがいにし、と希楽は大仰に首を振った。

「抜け荷やなんやて、子供の遊びで口にするには、質《たち》が悪すぎる」

「遊びと違うから、話してるんです」

「阿呆。それやったら、なおさら、あかん」

希楽はひらひらと顔の前で手を振った。

「藤馬の奴、まさかと思うけども、鴻池の商いに妙な疑い持ってるんと違うやろな」

そんなことはない、と澪は力を入れて説明した。

「鴻池と関係がないことは、藤馬様も判ってくれてはります。そやけど、殺されたお役人様や唐物問屋さんは、兄さんと同じ毒を盛られたんや。放ってはおかれへん。叔父さんも、うちと一緒に、藤馬様に力を貸して……」

「あかん、て言うてるやろ」

希楽は首を振った。

「役人とは必要以上に関わらんこと――これが商人の鉄則や。なんのもうけにもならん話に、手ぇ貸す義理あらへん」

「でも、藤馬様のところに行ったおかげで、毒の正体も、薬があることも判ったんや」

希楽の態度を変えさせようと、澪は言葉を尽くした。

希楽が味方になってくれたら、これほど心強いことはない。

だが、希楽は、まるで取り合ってくれず、最後にはこんなことまで言った。

「ま、お前さんが、どうでも藤馬とお役目ごっこがしたい、て言うんやったら止めへんけども。儂を巻き込まんといてくれるか。これでも忙しいんや。――お蘭のとこにも、夜にまた顔出すて約束してしもたし、その前に道場にも寄りたいし……」

あくびをしながら女中を呼んで、着替えの用意を命じた。本当に、また出かける気らしい。

澪はふくれ面で部屋を出るしかなかった。

どこへとも告げずに出かけた叔父が、戻ってきたのは夕刻のことだった。

希楽は、見覚えのある本家の手代を二人、連れていた。

そして、玄関に出迎えた澪に、淡々とした口調で言った。

「澪、しばらく、今橋へ帰り」

「え――なんで」

何をいきなり、と澪は首を傾げた。

「向こうは、病人かかえて、お関も苦労してる。たまには手伝ってやり。善右衛門兄貴も、そう言うてた」

「そんな」

反発の声が漏れた。

「なんでそんなこと、急に……。嫌や、あんな窮屈な家」

生まれ育った本家が居心地が悪いのは、折り合いのよくない兄嫁がいるからだけではない。

今橋は、鴻池一族の本拠地として、隅々にまで規律が張り巡らされている家なのだ。

出入り口はすべて、奉公人の誰かが見ていて勝手に通ることはできない。庭をうろつくのでさえ、女中の許可がいる。

家に帰されてしまったら、何一つ、自由にはできなくなる。事件のことで藤馬に協力するなど、不可能になる。

（もしかして……）

それが希楽の狙いなのかと、澪は気づいた。

希楽は本気で、澪が藤馬とともに事件に関わるのを、妨げるつもりなのだ。

「絶対、いや」

澪は強く言って、叔父をにらみつけた。

希楽は、そんな澪を呆れたように見たが、折れそうにないのを悟ると、ため息を一ついた。

「澪。あのな。お前さん、なんで、そんな恐ろしい事件に、自分から首をつっこもうとする。お前さんは、血なまぐさい話と正面から向き合えるような娘と違う。恐ろしいことの苦手な、優しい娘や。妙な事件と関わって、やっと治った心の傷が、また開いてしもたらどないする」

「………」

「善次郎のことが気になるのは判るけど、自分のことも、もっと大事にし」

噛《か》んで含めるような口調に、澪はうつむいた。

自分を案じてくれる叔父の気持ちは嬉しい。確かに、自分はどんな惨《むご》いものを見ても耐えられるほど、強いわけではない。恐ろしいことなど苦手だし、人殺しなどとは関わらず、家でゆっくりと花でも活けながら過ごすことができれば、と思う。

（けど、それでも……）

兄のために、藤馬のために、今はとにかく、何かがしたい。どうしてそれを、希楽は判ってくれないのだろう。

本家には帰りたくないと澪はもう一度、希楽に言った。

だが、無駄だった。

「もう決めたことや。儂の言うことが聞けへんのやったら、二度と、藤馬の屋敷にも連れてったらへんで」

冗談まじりの口調の裏に、揺るがない本気が見えた。

そうこうしているうちに、本家の手代は、大旦那様のお言いつけですから、と、勝手に澪の荷物をまとめてしまった。

結局、澪は強引に、今橋に連れ戻された。

昔、母が使っていた部屋に案内され、勝手に外に出ないように、出かけるときは、必ず女中頭とお関に告げるように、と繰り返し念を押された。

大旦那様からもきつく言い渡されてます、と女中は脅しのように言った。

承諾できかねる話ではあったが、どんなに不満に思っていても、本家の奥向きに閉じこめられてしまえば、勝手に抜け出すことは難しい。

こうなれば、しようがなかった。

せめて、兄の看病だけでも、精一杯やろうと澪は思った。

お関も、身体の空《あ》く限り病人に付き添っているが、奥向きの仕事も忙しく、四六時中というわけにはいかない。

澪は、そんなお関に代わって、昼夜、熱にうなされる兄の枕元に付き添い、汗を拭《ふ》いたり、時に水を飲ませてやったり、心を尽くして看病した。

善次郎は、言葉は出ないが、意識はある。時折目を覚ますと、澪を見てかすかに表情を動かし、水や果物を口にする。

日に日にやせ細っていく兄の顔には、赤い斑点がびっしりと浮き、別人の形相だ。

澪は涙ぐみそうになった。

元気で優しかった兄をこんなふうにした犯人が許せないし、何とかして元の兄に戻してみせる、とも思う。

(どうか、早く)

藤馬が、志津を連れて、診察に来てくれないかと願った。

解毒薬はあると志津は言った。

澪は、その話を、本家の父にも伝えていた。

なのに、藤馬も志津も、いっこうに姿を見せない。

(忘れてしまったのだろうか……)

半月で死に至る毒だというのなら、もう時間がない。

いらいらと二日を過ごした日の、午後のことだった。

澪は、夜通し兄に付き添った疲れから、部屋でうとうとしていた。

それが、奥で何やら騒がしい気配がし、目が覚めたのだ。

兄の寝室だ。

まさか、何か悪いことが——と澪は青ざめた。

慌てて部屋にかけつけた澪は、そこで、眠る兄のかたわらに、志津の姿を見つけた。

「お志津さん、来てくれはったんや」

次いで、眠っている善次郎の姿を見、澪は目を見張った。

顔から斑点が消えているのだ。完全に、というわけではない。だが、半分ほどは消えている。

澪は驚いて、兄の枕元に駆け寄った。

そっと額《ひたい》に触れてみると、熱も、下がっている。

澪は志津を振り返った。

「もしかして、薬を——」

「まだ、充分な量ではないですが」

志津の口調は控えめだったが、声は自信に満ちていた。

「きつい薬なので、一度にたくさん服用するわけにはいかないのですが、続けて飲んでいれば——」

治ると志津は言った。

澪の胸に安堵の思いが広がった。視界が涙でにじむ。

眠る兄をはさんで、向かいでは、お関も涙ぐんでいる。

「良かった」

兄は助かる。助かるのだ。

「ずっと待ってた甲斐がありました」

気がゆるみ、つい、待たされたのを恨むような言葉が口からこぼれた。

その言葉に、志津はそっと横を向いた。困惑した表情をしている。

「澪さん。志津さんは桐谷様と一緒に、このところずっと、毎日、屋敷に来てくれてはったんや」

お関が横から口をはさんだ。

「そやけど、旦那様が、うちにはかかりつけの医者がいますから、て言うて」

門前払いしていたという。

「まさか」

そんなはずはない、と澪は思った。

今橋の屋敷に戻ってきてすぐ、志津のことは父に話した。長崎から取り寄せた薬があるのだと知って、父は喜んでくれたはずだ。

本当のことです、と志津はうなずいた。

希楽の知り合いだとも言ってみたが、応対に出てきた手代は、「そんな話は聞いていない」と突っぱねた。

「和泉町のご隠居のところにも、頼みに行ったのですが」

隠居屋敷を訪ねても、希楽は留守ばかりで、どうにもならなかった。

今日も、藤馬がお役目で忙しく、志津が一人で来たのだが、やはり、店先で、番頭に追い返された。

それを、お関が、こっそり裏口から、屋敷に招き入れたのだという。

「こんだけ何度も来てくれはるんやから、て」

「そんなことが」

澪は、内心、釈然としなかった。

自分の耳には、かけらほどの話も伝わっていなかった。

知らされていたら、何もお関に頼らなくても、自分の手で、藤馬と志津を屋敷に招き入れるくらいのことはできただろう。

まるっきり、蚊帳《かや》の外に置かれていた。

澪の知り合いだと判っていながら、一言も知らせてくれなかったお関にも腹が立ったし、

（それに父さんも）

どうして自分の言うことを聞いてくれなかったのだろう。信頼してもらえなかったのだろうか。

納得できなかった。

父も——それに、希楽も、どこか、おかしい。

この間まで、善次郎の病を治すためなら大坂中の医者でも集めかねない勢いだったのに、今は、やっていることがちぐはぐだ。

（本当に兄さんを助けたいて思てるんやろか）

あのときからだ。善次郎の病が毒によるものかもしれない——そう判ってから、風向きがおかしくなり始めた。

孝助が薬を盗っていったときから、と言ってもいい。

澪は、お関と話をしている志津を置いて、善次郎の部屋を後にした。

一人になって、もう少し、今の状況について考えてみたかった。

しかし、そんな澪を、志津が追ってきた。

一人で澪の部屋に入ってくると、

「先日の御礼をきちんと申し上げたくて。お嬢さんのおかげで命拾いしました」

取り乱していて、ちゃんと御礼もできなくて、と、志津は頭をさげた。

澪は、気まずく、曖昧《あいまい》にうなずいた。

自分は何をしたわけでもない——と思う気持ちが澪にはある。

侍たちに囲まれても志津は冷静だったし、取り乱し、悲鳴をあげていたのは澪のほうだった。そして、最終的に助けてくれたのは、孝助であり、藤馬である。

わざわざそんなことを言うためについてきたのかと思ったが、志津は声をひそめて付け足した。

「それから、藤馬様から、お嬢さんに言付けがあります」

「藤馬様が」

「藤馬様は、今も、奉行所の方々と、捜査を進めておいでです。でも、思うようにはいかないと」

毒を口にして死んだ天満屋や、仲仕の文蔵の家に何度も足を向けている。

だが、どこでも、これという話を聞き出すことはできない。

「それに、鴻池さんにも、ろくにお話も聞いてもらえず……」

藤馬は困っているのだろうな、と澪は思った。

力になると言った澪は本家に戻されてしまい、希楽も、本気で取り合ってはくれない。

「でも、お嬢さんに会えたら、口の堅い本家の方々とは違って、いろいろ話してくださるはずだ、と藤馬様は」

そう言われて、澪は複雑な気持ちになった。

澪ならば話してくれる――それは、澪なら、世間知らずのお嬢さんだから、店の者が内密にしていることも喋るはず、ということだろうか。それとも、藤馬のことを信頼しているはずだと思っているのか。

それにしても、自分はどうして、藤馬の言葉を、このなじみ薄い女を通して聞かなければばならないのだろう。

「お嬢さん、お怒りにならないで」

黙り込んだ澪を見て心配になったのか、志津はのぞき込むようにして言った。

「藤馬様はお嬢さんのためにも事件を解決したい、と仰せです。それに、私も――お兄様をあんな目に遭わされたお嬢さんの気持ちは、誰よりも判るのです。お願いします。力を貸してください」

熱心な口調で話す志津を、澪は改めて見直してみた。

落ち着いた仕草の年上の女は、相変わらず地味な紺の木綿を着て、化粧気もまるでない。

だが、ふと、思った。

このひとには、どこか、あか抜けた匂いがある。

いや、あか抜けた――というのとも、少し違う。どちらかと言えば、そう、世慣れた感じがする。

(この間、男たちに絡まれていたときも――)

放せ、と侍相手に叫んでいた。しかるべき家の女なら、そんな言葉は使わない。

いったい何者なんだろう。

女の身で蘭方の医学を身につけるためには、相当の金がかかるはずだ。それなりの家の生まれでなければ考えられないが――。

直接訊いてみたかったが、好奇心だけで詮索《せんさく》していいことかどうか、自信がなかった。

（やめよう）

こんなことが気になるのも、藤馬のそばにいる志津を、ねたましく思う気持ちが胸の底にあるからだ。この気持ちをどうにかしないことには、自分がどんどん情けない人間になっていく気がする。

澪は気持ちを切り替えて、訊ねた。

「藤馬様の訊きたいこと、って何ですか。うちに判ることやったらええけど」

「若旦那さんが、倒れる前の晩に出かけた場所のことです。どこで誰に会っていたか判らない――本家のみなさんは、そう言っておられますが、本当に、誰も、何も、ご存じないのでしょうか。実は奉行所の青木様も、毒を盛られる前の晩、どこかの島場所にお出かけだったとか。ただ、なじみの店ではなく、一人でお出かけだったそうで、どこの店に行っていたか判らずじまいなのです」

「兄さんと同じや」

ですから、と志津が身を乗り出した。

「それがどこの島か、判りませんか」

島とは、遊所のことだ。江戸では岡場所と呼ぶ。

江戸の吉原《よしわら》と並び称される公許の遊郭は、大坂では新町だが、それ以外にも、遊女をおいて客を遊ばせる盛り場は多い。

厳密には、それは法度《はっと》の外にある行為だが、実際には、いくらでも行われている。悪いことだと思う者もいない。

「せめてそれが判れば、と藤馬様も」

「そうですか」

善次郎の出かけた場所など、もちろん、澪は知らない。

供をしていた手代によれば、善次郎は、自分の身分を知らない者のところで羽を伸ばしたい——と言っていたそうだ。だから、突き止めようもない。

だが、本当に、誰も、何も、知らないのだろうか。

自分の言うことを信頼してくれなかった父。

自分を蚊帳の外に置いたままでいた義姉。

番頭衆に手代衆、女中たち。

今まで、店のなかに信頼できない者などいないと思っていた。

本当に、信じていても、いいのだろうか……。

「判りました」

澪は応えた。

「出来る限りのことは調べてみます。任せてください」

二

（さて）

二日後にまた来ると言い置いて志津が帰ったあと、澪は思案した。

兄の行状にいちばん詳しそうなのは、手代の一蔵である。

兄の供で出かけることも多かったし、善次郎が倒れる前の晩も、夜歩きに付き添っていた。ただ、その日、出かけていた店の名は知らない――らしい。

だが、何か手がかりを持っている可能性はあった。

兄が病の床についた後、一蔵は何の仕事をしているのか、それとなく女中に訊ねてみれば、

「一蔵はんは、若旦那様の病の件で、大旦那様のお怒りを買うてしもて――」

善次郎の行き先をきっちり把握していなかった役立たず、と善右衛門に叱られ、今は店でも閑職に近い、得意先からの届け物の整理をさせられているらしい。

店の内にいるのは、この際、好都合だった。

澪は、奥向きからこっそりと店に出向き、納戸で仕事をしていた一蔵を呼んだ。

一蔵は、まわりを気にしながら、廊下の隅にやってきた。

「何も知りまへん」

小さな目をしょぼしょぼとさせ、情けなさそうに首を振った。

一蔵は、二代前に鴻池の暖簾を分けてもらった、小さな別家の倅である。

鴻池一族では、親族筋にあたる分家と、奉公人が暖簾分けを受けた別家とを厳密に区別しており、別家は当然、分家より格が下になる。

そして、別家の倅には、跡取りといえども、暖簾を継ぐ前に十年以上、本家に出向いて奉公しなければならないという決まりがあった。

家では坊ちゃんと呼ばれていた子供が、本家に出向き、丁稚《でっち》から修業をしなければならないのだ。苦労も多かろう。

だが、そうやってきっちりと本家で仕込まれることが、結局は別家の繁栄にもつながる──つねづね善右衛門は言っていた。それこそが、栄え続けてきた鴻池の基盤だ、と。

一蔵は、そうやって集まってきた別家の倅たちのなかでは、優秀で、出世も早かった。

若旦那に付き添って得意先回りまでしていたのだから、信頼も厚かったはずだ。

今は閑職にあるとしても、頭の悪い男ではない。

ちょっとしたことでもいいから思い出せないか、と澪は言った。

店の名前に覚えがなければ、善次郎が足を向けていた場所だけでもいい。会話の切れ端でもいい。何か判れば、と思ったのだが、はかばかしい答は得られなかった。

よく考えれば、澪が問うたようなことは、先に、善右衛門や番頭衆が問いただしているはずだ。

そこで何も出てこなかったということは、やはり、一蔵は何も知らないのだろう。

澪はため息をついた。

他の手を考えた方がいいようだ。

そうは思ったが、澪は、念のため、一蔵に言った。

「何か思い出したら、うちにだけ言うて。一蔵さんが困るようなことやったら、父さんには内緒にするから。そやさかい、お願いします」

そう言って深く頭を下げると、一蔵は狼狽《うろた》え、

「お嬢《いとは》さんにそないなことされても困ります」

そやけど知らんもんは知らんのです、と言葉を濁した。

あまり頼りにはなりそうにない、と思わざるを得なかった。

しかし、丸一昼夜たった、翌日の夕刻のこと。

「お嬢さん」

あたりをはばかるようにして部屋にやってきたのは、一蔵だった。

声を潜めながら、

「昨日の話なんですけど――本当に大旦那様には内密にしていただけますか」

「もちろんや。うちは約束は守る。何か、思い出してくれた？」

澪は身を乗り出した。

「ええ。それが……」

口ごもったあと、一蔵は、いきなり、澪の前に手をついて頭をさげた。

「すんまへん。実は、あの晩、若旦那がお出かけになった店は、私の行きつけの店やないかと……」

「え――」

「曾根崎新地の、小さな茶屋です。三月ほど前に、私が若旦那をご案内したんです。それから、若旦那は、なじみになったみたいで……」

「……そやけど、行きつけの店、ていうても」

分家、別家の倅衆は、本家で奉公人として修業をしている間は、女郎買いなどもってのほか、と定められている。

女たちが、身につけるかんざしの種類まで定められているように、男たちは、奉公の年数、その間にもらった給金の使い道にいたるまで、細かく定められているのだ。そういう一族だ。

「判ってます。一族の決まりのことは、承知してます。そやさかい今まで言えへんかったんです」

一蔵はさらに畳に額をすりつけた。

「怖かったんです。奉公中の身で曾根崎の茶屋に通って、おまけに、若旦那まで店にお連れして……。大旦那様に知れたら、何もかも終わりや。そう思たら、怖くて言い出せませんでした」

「――」

「花垣屋《はながき》ていう店です。曾根崎新地のはずれにある、小さな店です。以前に、私と同じ別家の筋にあたる手代仲間に連れて行ってもろて、それからときどき通ってたんです。若旦那は、そこに私が一度お連れしたあと、店の女郎衆となじみになったみたいで、それから何度も……」

「毒を盛られた日も、そこに行ってた、ってこと?」

「たぶん……」

「そこまで判ってて、なんで今まで……」

兄が病に倒れてから、父は何度も、一蔵を問いただしたはずだ。病を拾ってきた店が判れば、何か手がかりがつかめるかもしれない。

どんなことでもいいから思い出せと、何度となく問いつめたはずだ。

「すんまへん」

一蔵は、もう一度、頭を下げた。

澪は何を言っていいのか判らなかった。

胸に湧いたのは怒りだった。

一蔵の気持ちがまったく判らない、とは言わない。

一族の決まりを破ったことが判れば、一蔵は暇を出される。

代わりに弟か誰かが、本家に奉公することを許されればいい。一蔵は跡取りの座を失うが、店自体がつぶされることはない。

が、もしも、善右衛門の怒りがひどく、一蔵の身内は誰も本家には奉公させない——ということになれば。

それはすなわち、親の暖簾を奪われれば、商売は立ちゆかなくなる。店はつぶれる。身内も、奉公人も、みな、路頭に迷うことになる。それがどんなに恐ろしいことか——商売人なら、判ることだ。

(でも——それでも)

澪の声が震えた。

「一蔵さんは、兄さんが死んでしまっても、そうやって隠してるつもりやったん。一蔵さんの、兄さんに対する気持ちは、そんな軽いもんやったん」

「そんな軽いもんと違うさかい、こうしてお話ししたんです」

一蔵の声も、震えていた。

「ずっと一人で迷ってました。話した方がええ。そう思て、何度も大旦那様の部屋の前まで行きました。そやけど——でけへんかった。掟破《おきて》りで女郎買いしてただけと違う。そもそも、若旦那を店に連れていったんは、私です。その店で若旦那が病気になった。私が何かしたんと違うか——そう疑われたらどないしょうと思うと、恐ろしゅうて」

「疑うやて、そんなこと……」

「旦那様が私ら別家の者をどこまで信じてくれてはるか、私には判りまへん。所詮、別家は別家、奉公人の出です」

自嘲《じちょう》気味な一蔵の言葉が、澪の胸を突いた。

「そんな――」

確かに、一蔵の言う通り、別家はもともと奉公人。だが、暖簾分けした以上、同じ鴻池の名の下で生きている商人だ。

みな身内だと思っていた。

それは、主人たる本家の者の、思いこみだったのだろうか。

「そやけど、兄さんは、一蔵さんのこと、信頼してたんや……」

「ええ。そうです。本当によくしてくれはりました」

そもそもの発端は、若旦那――善次郎に、一蔵の新地遊びがばれたことだった。

一蔵は、真っ青になった。

これで自分の一生は終わりだと思った。

「そやけど、若旦那様は、怒るでもなく、大旦那様に言うでもなく、自分も一度連れて行ってくれ、て言わはりました。本家の跡取りとしてではなく、仲間として遊びに連れてって欲しい、て。私は嬉しかった。そやさかい、お連れしたんです。若旦那様は楽しそうでした。それがこないなことになるやて……」

一蔵は声を震わせ、どうか大旦那様にはご内密に――と額を畳にすりつけた。

その姿を見ているうちに、澪は、怒りが消えていくのを感じた。

一蔵を責めてはいけない。鴻池一族の男たちはがんじがらめに縛られている。何もかも、重すぎる暖簾のためだ。だから、こんなことが起きる。

誰もが必死にならなければ、暖簾は守りきれない。それほどの重さのある名だ、鴻池の名は。

澪にも判っている。本家の娘なのだから。この大坂の、随一の長者の娘なのだから。

一蔵は一蔵なりに、善次郎のことを思いやってくれていた。

それを疑ってはいけない。

「判りました」

澪はつとめて明るい声で言った。

「このことは、約束やし、父さんには言いません。安心して。よう話してくれました。おおきに」

「いとはん……」

一蔵はほっとした様子で頭を上げた。

「すんません。本当にすんませんでした」

それから、そそくさと立ち上がり、店に帰ろうとするのを、

「待って。もう一つ、頼みがあるんです」

澪は引き留めた。

「明日、女医者のお志津さんが家に来はる。お志津さんが帰らはるとき、うちも一緒に出かけたいんや。義姉さんや女中たちの目、ごまかしといてくれへん？」

「そんな、いとはん、困ります」

一蔵は情けない顔になった。

だが、澪は、今度は自分が一蔵の前に頭を下げた。

「お願いします。今聞いた話、このまま放っておかれへん。うち、自分でその店に行って、兄さんのこと、訊いてきます」

「花垣屋に、行かはるつもりでっか」

「そう」

「無茶や。娘はんの行くところと違います」

とんでもない、と一蔵は首を振った。

だが、澪は退かなかった。

「この目で、この耳で、確かめたいんや。いったいその日、その店で何があったんか」

そやけど、と一蔵は、まだ逡巡《しゅんじゅん》している。

「危ないことはせぇへんから」

大丈夫、と澪は笑って見せた。

何が大丈夫なものか――と一蔵は何か、言い返したそうにしていた。

だが、強くは言い張れない。なんといっても、澪に弱みを握られている。

判りました、としぶしぶうなずいた。

三

翌日の午過ぎ、約束通り志津がやってきた。

善次郎の診察を終え、一人で澪の部屋に現れた志津は、手がかりが見つかったことを聞いて喜んだ。

だが、自分でその店に調べに行く、と澪が口にすると、とんでもないと手を振った。

「大店のお嬢さんが行く場所ではありません」

曾根崎は、新町のような公許の遊所ではないから、大門《おおもん》があったり、まわりを堀が取り囲んでいたり、ということはない。出入りはそれなりに自由だ。

しかし、店のほとんどが籬《まがき》をしつらえ、女たちを並べて客を呼んでいる。素人《しろうと》の娘が出向く場所ではない。

「でも、志津さんは、行かはるんやろ」

「それは……私は藤馬様に頼まれていますし」

「やったら、うちも行きます。人任せにしたくないんです」

善次郎が、その店に出入りしていたのは、本家の跡取りであることも忘れて羽を伸ばせたからだという。

奉公人である一蔵と楽しく酒を飲んだという場所を、この目で見たかった。善次郎がそこで何を見聞きしていたのか、自分で確かめたかった。

鴻池という巨大な一族の中枢で、誰よりもがんじがらめになっていたはずの兄の気持ちを、すこしでも判りたかった。

「まったく――困ったお嬢さん」

何度目かのやりとりの後、志津はため息混じりで肩をすくめた。

「世間知らずで、うらやましいくらいですよ。ですが、不愉快な思いをしても、責任は持てませんよ。いいですね」

「え――」

一瞬とまどった後、澪は、志津が同行を認めたことを察した。

とても褒め言葉とは思えないことを言われた気もしたが、この際、気にしないことにした。

「女の行く場所ではありませんが、私が一緒なら、まあ、なんとかなるでしょう」

志津が、暇《いとま》の挨拶をお関に告げ、奥向きの玄関から外に出る間に、澪は一蔵の手配で、奉公人が出入りする裏口から、忍び出た。

そのまま志津の後について歩き始めた澪だったが、新地に入り、目的の場所が近づくにつれ、どうにも足が重くなりはじめた。

すでに日が傾きはじめ、新地が活気づく時間になっていた。

初めは、見慣れぬ場所に来た物珍しさできょろきょろしていた澪だったが、次第に、憂《ゆう》鬱《うつ》になってきたのだ。

女たちの白粉《おしろい》の匂いがきつい。

三味線の音があちこちから聞こえてくる。

男たちはといえば、籬《まがき》の前で目を輝かせて品定めしている。

澪は、そんな男たちに、眉をひそめずにはいられなかった。

澪だとて、男と女の仲がどのようなものかは知っている。一度は夫を持った身であるし、男がそういった気持ちを我慢できないものだとも聞いている。

でも、これは、あまりに、醜悪ではないか。

ここにくる男たちは、ただ女を金で買うことだけを考えているのだ。

そして、あの女たちは、男たちに買われることだけを欲している。

「お嬢さん」

志津が澪の袖を引いた。

「あんまりきょろきょろしないで。店の女たちは、素人の娘を良い目で見ません」

「──なんで」

「誰も、好きであそこに座ってるわけではないんですよ。そんな女たちを、自由気ままに暮らしている町娘がじろじろと見ては残酷です」

「残酷──」

そんな言い方はなかろうと、澪は思わず志津を見上げた。だが、その目にかすかな棘《とげ》があるのが判り、澪はうつむいた。

すると、嫌でも、自分の着ているものが目に入る。

今年に入ってから新調した桜ねずみの小袖だ。この着物を一枚買うお金があったら、さっき籬にいた娘の年季は、どのくらい短くなるのだろう。

そんなことを考えたのは、初めてのことだった。

大店のお嬢さん——そう呼ばれることに疑問を感じず、今まで生きてきた。

お嬢さんが習い事をするお金があれば、長屋の者はどれだけの米が手に入るものか——。

かつて、世の中が天保の飢饉と呼ばれていた頃。

口の悪い出入りの青物商人が、野菜の値をめぐって女中と言い争い、捨て科白のようにそう言った。

澪はそれを聞いて、大店には大店の苦労があるのだ。長屋の者にはそれは判るまいから、おあいこだ、と憤慨した。

（本当に……）

なんて世間知らずだったのだろう。

今すぐに、この着物を質に売って、その金を籬《まがき》のなかの娘に渡してやったらどうだろう。

あの娘は自由を取り戻すことができるのではないのか。

まだ真新しい草履が目に入る。これを買ったお金があれば——。

「だから言ったんですよ、お嬢さんには気持ちのいいところじゃない、って」

言い募る志津に、何か言い返したかったが、やはり、一言も思いつかなかった。

来なければ良かったとは思わない。自分がどれほど甘やかされて暮らしているか、知らずにいるよりは、良かった。だが、事実を知ることは辛いことでもあった。

志津はしばらく黙ってそんな澪を見下ろしていたが、やがて、励ますように、澪の手を軽く握った。

「大丈夫。誰もとって喰ったりはしません。お嬢さんのことは、私が守ります。何かあったら、藤馬様にも申し訳が立ちませんから」

「――別に、とって喰われるやて思てへん……」

子供みたいに扱われるのは心外だ――と思いつつも、指は正直に、志津の手をしっかりと握り返していた。

「まったく」

苦笑しながらも、志津は姉のように優しい声で澪に言った。

「お嬢さんが世間知らずなのは、何も悪い事じゃありません。ただ、こういう場所もあるんだということだけ、判ってくれたらいいんです」

「――志津さんは、慣れてはるんや。お医者さんやから、やろか。こういうところにも、一人で来はるんやろか」

「いいえ、私は、こういう場所の生まれなので」

さらりと、志津が言った。

「え?」

澪は志津の顔を見直した。

冗談を言っているのかと思った。

「丸山の遊女の娘なんですよ、私」

「丸山――」

「長崎の遊郭です。おおぜいの女たちが籬のなかに囲われていて――唐人や阿蘭陀《おらんだ》人を客にとることも珍しくない。私の母は、そんな遊女の一人。父は阿蘭陀人かもしれない。髪の色がこんなだから」

志津は、自分のうす茶色の髪に軽く触れ、肩をすくめた。

まるで他人の話をしているような口調だった。

「父の違う姉がいました。やっぱり遊女でした。私とは十も歳がちがって、母が死んだあとは、親代わりとなって私を育ててくれました。私だけは遊女にしたくない――そう口癖のように言っていた。姉は片言でしたけど、阿蘭陀語ができたんです。阿蘭陀人の相手をしていましたから。私にも、教えてくれました。子供だったからでしょうね。私、あっというまに覚えました。姉はそれをすごく喜んで、なじみの蘭学者に無理をいって、お金を積んで、弟子入りさせてくれました。――蘭学者は親切な男でした。遊女の娘など汚《けが》らわしいと初めは拒んだけれど、根は良い男で、引き受けたからには、と、他の弟子と同様に、私に学問を教えてくれました。姉のようになりたくないのなら、学問を身につければいいのだと繰り返し私に言い聞かせて」

「それで志津さんはお医者さんに――」

改めて見れば、今日の志津は、赤い紅を唇にさしていた。

その色は、女医者に似合うものではない。籬のなかの娘と同じ色だ。

目の前の娘が、急に遠い異国の娘に見えた。

父が異国人だと聞いたからではない。自分とは、何一つ重ならない生い立ちを持つ娘だと判ったからだ。

今、こうして肩を並べて歩いているのに……。

あの頃が懐かしい、と、志津は遠くを見るような目で、言った。

「それは一生懸命に勉強したもんですよ。姉や母のようになってはいけない。そのために医者になる――自分にいつも、そう言い聞かせてね。姉が大坂の商人に身請けされることになったのは一年前のこと。長崎に買い付けにきていた唐物問屋に気に入られた姉は、身の回りの世話をする者が必要だからと無理を言って、私も一緒に来られるよう、旦那に頼んでくれました。大坂に行けば、もっと学問ができる。そういわれて、私は喜びました。目の前には雲一つないような気がして有頂天でした」

「それで、お志津さんは大坂に……お姉さんと一緒に」

「そうです。でも、姉は、一月前に死にました。毒を飲まされて」

「毒。……って、まさか」

澪は目を見開いた。

「天満屋の主人が、妾と一緒に殺された——藤馬様が仰《おつしや》ったでしょう。それが、私の姉です。千鶴という名でした」

お志津も、澪と同じだったのだ。

身内をひどい目に遭わされていた。

「それで、お志津さんは、お姉さんのために、この事件を——」

「姉のため？——そんな立派なものじゃありません。私はそんな心の優しい女じゃない。私は姉のことが大嫌いだったんですよ」

大嫌い、とことさらにはっきり、志津は言った。

「遊女など汚らわしい、遊女になどなるな——私の師匠は口癖のように言いました。だから私は、長崎にいた頃は、姉と会うことすらしませんでした。何年もの間、ずっと」

「——」

「大坂に来られると判ったときも、そう。妾奉公なんて結局、遊女と同じ。姉は一生、そうやって生きることしかできない女だ、そう思うと、怒りさえ感じました。姉もきっと、そんな私の心を察していたはずです。長崎からの船のなかで、私は姉と一言も口を利きませんでしたから。でも、姉はただ、自分は幸せだ、と。死ぬまで遊女として奉公させられると思っていたのに、運が良かった——そう言って、穏やかに笑って、死んでいきました。

私に、謝る機会も与えてくれずに」

だから、と志津は静かに言った。

「仇を取りたいんです。もう、私にできるのは、それしかない。そんなことをしても、姉は喜ばない。それは判っています。そういうひとじゃなかった。でも、私には、姉の気持ちを酌んでやる理由なんかない。だって、私は姉が大嫌いだったんですから」

「――――」

澪は、しばし、何も言わなかった。

言えなかった。

姉のためではないと言う言葉とは裏腹に、志津の声には、深い思いがこめられている。

情の豊かな女なのだと思った。

淡々とした表情の下に、激しい感情がある。そして、それを、隠そうとしない。

(藤馬様と似ている)

同時に、ひとつの不安が、澪の胸に生まれた。

(――藤馬様は、きっと、この女に惹《ひ》かれる)

美しくて激しい、異国の血を引く女……。

「着いたみたいですよ、お嬢さん」

志津の声にはっと前を見れば、目の前の店の色あせた暖簾に、花垣屋、との文字が見えた。

四

籬《まがき》もない、小さな茶屋だった。

女二人で入れるものなのか、澪はためらったが、志津は尻込みしなかった。

自らを女医者だと名乗って、店のなかに踏み込んだ。

「こちらに病人がいると聞いてきたんですが」

堂々と嘘を口にしている。

「病人？──知らんなあ。それに、あんたら、医者には見えんけど？」

皺だらけの遣《や》り手婆《てばば》が奥から現れ、訝《いぶか》りの表情で二人を眺めた。

「あんた一人やったら、客でももらいに来たんかと思うとこやけども。花街の匂いがするし。そやけど、後ろのお嬢さんは違うやろ。何しに来はった」

遣り手婆の目は、澪に向いた。

「え……あの」

応対は志津に任せ、一歩下がっていた澪は、遠慮のない視線に、とっさに声が出なかった。

「用があらへんのやったら、とっとと帰り。塩まかれんうちにな」

「塩──」

「ここは素人のお嬢さんが来るとこと違う」

遣り手婆の眉間に、さらに深い皺が刻まれた。

「商売の邪魔や」

目の前の婆は本気だ。本気で塩をぶつけられそうだ。

だが、このまま帰るわけにもいかないのだ。

澪はたじろぎ、助けを求めるように志津を見た。

そのときだった。

「――あれぇ、もしかして、鴻池のお嬢さん？」

狭い店ゆえ、暖簾をくぐると、すぐに二階座敷にあがる階段がある。

その階段の上から、声が降ってきたのだ。

見上げると、女が一人、こちらを見下ろしていた。

大きく着崩れた胸元から赤い襦袢《じゅばん》がのぞき、髪は寝乱れている。

化粧は濃く、派手な紅をさしているが、声はそれほど若い娘のものではない。一目で、そういう類の女だと判った。

いきなり素性を言い当てられ、澪は驚きながら、怯まず女を見上げた。

「そうやろ。どっかで見た顔やと思たんや。今橋のお嬢さん。懐かしいわ。すっかり大きゅうならはって。昔は、本当に棒っきれみたいで、駒次郎さんも可哀相に、て思たもんやったけど」

駒次郎さん。

その名が誰のものだったか、一瞬、澪は思い出せなかった。

次の瞬間、そんな自分を恥じ入る気持ちになった。

駒次郎。それは、澪の死んだ夫の名前だ。

「今頃やきもちやいて来はったん？　それとも、もしかして、本家の若旦那のことやろか。最近お見限りやと思ってたけど、お家にばれてしもたんやろか」

女はそう言って、楽しそうに笑った。


女の名は、萩乃と言った。

「名前だけは優雅なもんやろ」

赤い口を開けて笑い、煙管《キセル》に口をつける。

澪は女の吐く煙の匂いに顔をしかめた。

奥の座敷に通され、萩乃と向かい合って座に着いた。

部屋の入り口に、さっきの遣り手婆が耳を澄ましている気配がある。

「駒次郎は——夫はここに来ていたんですか」

そんな話をしにきたのではないと思いつつ、澪は訊かずにいられなかった。

そう、と萩乃は得意げにうなずいた。

「ええひとやったわ。お金持ちやし優しいし」

「——」

「許婚はまだ子供で、話相手にもならん——そう言うて、まだ本家で手代奉公してはった時分から来てはった。こんな汚い店やから、一族の大人たちはまず現れへん。本家奉公の息抜きに、分家や別家のぼんがよう来てた。奉公中で、ろくに金も持ってへんかったけど、いつか店に帰って金持ちになったら迎えに来る……て女うれしがらせて。たまに、本当に身請けされて出ていく子もおったっけ。うちも、駒次郎さんが生きてはったら、そうなったかもしらん。駒さん、本当にうちに夢中やったさかい」

萩乃は、近くで見れば、喉にも目元にも皺のある大年増だ。

この女と、自分の夫はなじみだった。——いきなりそんなことを知らされても、何をどう感じたらいいのか、澪には判らなかった。

やきもちを焼くにも、夫はとうに死んでいる。妻である澪には手もふれないままに。

それでも、こんなにも胸が落ち着かないのはなぜだろう。

「本家の善次郎さんもお見えになっていた——とさっき仰《おつしや》いましたけど」

志津が、横から話を取った。

「善次郎さんのお相手も、あなたが？」

「まさか。こんな年増が相手になるかいな。美乃《よしの》ていう子がいたんや。うちより十も若くて、綺麗な子。いちばんの売れっ子やったし、若旦那もさっそく目ぇつけて」

「その美乃さんに会わせてもらえませんか」

「無理や。もうおらんもん」

「年季が明けたんですか」

「死んだんや」

「死んだ？」

澪の声が志津と重なった。

「可哀相に、もともと体の弱い子やったけど、突然、なんや、気持ち悪い病気になって、みんな怖がって、看病もできんかった」

「まさか、顔中に斑点が浮かんで、熱が高くなって、それで──」

うわずった声で澪が問うと、そうや、と萩乃はうなずいた。

「まだ二十《はたち》やったのに、何もええことあらへんまま、さよなら」

「いつのことです」

志津が冷静に言った。

「三日前や──けど、あんたら、なんでそんなこと訊くんや」

「鴻池の若旦那さんが、その美乃さんと同じ病なのです。ここから戻った日から、ずっと……。それで、病に倒れる前、ここで誰と会っていたのか、調べにきたのです」

「へえ」

萩乃の目が細くなった。

「ほなら、何、若旦那の病、美乃からうつされた、て、あんたらは思てるわけ」

「うつされた、というよりも、毒を盛られた――のほうが近いのですが」

「毒。何それ」

恐ろしいこと言わんといて、と萩乃が身を震わせた。

「美乃さんの最後の客は、どんな男でした？」

「いつもの侍と違うか。若旦那のちょっと後から来るようになった男。美乃はその男に夢中やった。侍はええ、商人みたいにべんちゃら言わへん、それでいて心根はまっすぐや、ていうて。確か、菊池とかいう名前やった」

「菊池――」

あの忌々しい顔が、澪の目の前に浮かんだ。

菊池兵吾だ。

あいつがここにも現れて、

（そして、兄さんに毒を）

「最後に鴻池の若旦那が来たときも、美乃はその男と一緒やった。そやけど、鴻池の旦那が来てしもて、美乃も顔出さんわけにはいかんかって」

菊池が、女を使って善次郎に毒を飲ませた――その可能性は高い。

善次郎がこの店に出入りしていることを突き止め、なじみの女を調べ上げ、毒を盛るために女に近寄った。その後で、証拠を消すため、美乃自身にも毒を飲ませた。筋書きとしては充分だ。

問題は、なぜ善次郎が狙われたのか、だ。

女をめぐっての確執とは思えない。菊池は、美乃も始末している。

菊池兵吾が、名乗ったとおりに加賀藩の侍だったとして――鴻池の若旦那に毒を飲ませる理由は何だろう。

（藤馬様は、この事件には抜け荷が関わってるて言うてはったけど）

だが、鴻池は、断じて、抜け荷などとは関わっていないのだ。

「他にも大勢のお客が来ていたんでしょうね、ここには」

志津が言った。

「そら、まあ、こういう店やし」

「このなかに、ご存じの名前はありませんか」

志津が懐《ふところ》から取り出した書き付けを広げた。

「美乃さんと同じ病で死んだものが、何人もいます。同じ毒です。私は医者の心得があるので、さる筋から頼まれて、その病について調べているのです」

「へえ、お医者。あんたがなぁ」

萩乃は半信半疑のようだったが、志津の広げた書き付けを、じっと見つめた。

澪も、横からのぞき込んだ。

藤馬の字であろう。男文字で書かれた名前は五人。

伏見町の唐物問屋天満屋喜兵衛。その妾、千鶴。

仲仕の親方文蔵。

奉行所役人青木忠左衛門。

知らない名前があった。

南久宝寺町、常法寺、長吉。

この間は聞かなかった名前だ。

(新しい犠牲者だろうか?)

藤馬が新たに調べ出したものか。

澪は、その名と住所を頭の中に刻み込んだ。

「悪いけど、知らん名前ばっかりや。唐物問屋の天満屋ていうても——他の唐物問屋やったら来てたけどな」

「他の?」

「でも昔のことや。伏見町の、なんて言うたやろ。……七、八年も昔の話やけど」

「そうですか……」

ため息混じりに、志津が言った。

しばしの沈黙があった。

「なあ、あんた、お医者やて、本当?」

萩乃が志津の顔をのぞきこんだ。

「それやったら頼みがあるんや。あんたらの話に付き合《お》うたげたんやし、こっちの頼みもきいてんか。朋輩《ほうばい》の朝乃ていう子が、半月も前から咳が止まらへんの。診てくれへんか」

「咳ですか。それは心配ですね。どこにおられるんです」

「二階の座敷。診てもらえる？」

「いろいろお話を聞かせてもらいましたから。御礼です」

「本当。おおきに」

萩乃は顔を輝かせた。

「うちらには医者を呼ぶお金なんかあらへんさかい、どないしようもなかったんや」

萩乃は立ち上がった。

志津がそれにならい、澪も続こうとしたが、それを志津が手で止めた。

「お嬢さんはここで待っていてください。そのほうがいい」

「でも」

「うつる病気かもしれませんから」

一瞬、澪の足が止まった。

「けど――兄がお世話になったお店の方やし……」

口ごもると、

「お世話に、ねえ」

萩乃はが醒《さ》めた笑い方をした。

「それでも、ここにおったほうがええんと違う？　お嬢さんのあがるところとは違うわ」

「でも」

「お嬢さん、ここにいてください。手伝ってもらうこともありませんから」

そう言った志津の声音《こわね》には、押し返せない強さがあった。

残された澪は、所在なく、その場に座り込んだ。

一人きりの座敷は、ひどく居心地が悪い。

身の置き所のない気持ちで待っていると、

「……そないに心細そうな顔せんでも。誰もとって喰うたりせえへんよ」

萩乃が戻ってきた。志津の姿はない。

「お嬢さん一人にしたら可哀相やと思ってな。――それにしても、助かったわ。朝乃、ずっと熱が下がらんし、心配してたんや」

良かったですね、と澪は言った。

「そやけど、世の中て言うたら不思議なもんやな。同じ女やのに、ああやって、頭が良うて、医者になって、まっさらの体で胸張って歩ける娘さんもおる。なんでうちらはあかんのやろ」

萩乃はそう言いながら、澪の向かいに座り込み、いつのまにやら手にしていた徳利に、直接口をつけて酒を飲みはじめた。

お志津とて、苦しい境遇のなかで生きてきた女なのだ——そう言おうかと思ったが、やめた。

ひとのことをべらべら喋ってもしようがないし、萩乃も、そんなことが聞きたいわけではないだろう。

「まあ、でも、大店のお嬢さんかて、うちらとさして違わんのかもしれへんけど。生まれたときから嫁ぐ男も決められて、自分では何も決められん籠《かご》の鳥——」

つぶやきながら、萩乃はしばらく、ひとりで酒を飲んでいたが、

「なあ、お嬢さん。新十郎さんは元気？」

いきなり、言った。

「新十郎……さん？」

「そう。先代の鴻池新十郎さん。あのひとも昔はようここに来てたんよ。そもそも、駒さんをここに連れてきたんも、あのひとと違《ちご》たかなあ。……うちが駒次郎さんと良い仲やった、ていうの、本当は嘘。さっきは意地悪が言いとうなって、からかってしもたけど。うちが本当に好きやったんは、新十郎さん」

鴻池新十郎——先代の鴻池新十郎と言ったら、それは、希楽のことだ。

それに気づき、澪は驚いて、聞き返した。

「叔父さんも、この店に来てはったん？」

「そうや。本家の悪口言いたい連中と連れそって、よう愚痴言いに来てはったわ」

「…………」

澪には初耳の話だった。

希楽――先代の新十郎は、本家の血筋ではあるが、母親が女中あがりで、正妻にうとまれ、養子に出された。それでも嫡流の兄と仲も良く、不満などみじんも持たず、一族のために商いに精を出していた。

武芸道楽のため、早々に息子に後を譲って隠居になったが、兄とは今もうまくやっている。

だが、やはり、若い頃には、いろいろと確執もあったのだろうか。

「何年前やったっけ。本家と揉《も》めて、まだ四十前の若さで隠居させられてしもて。だいぶ、荒れてはったなあ」

「え――でも、希楽叔父さんが隠居したのは、武芸道楽を続けるためで、別に本家と揉め事なんか……」

「何言うてんの。そんなん、表向きに決まってるやないの」

驚いている澪を、萩乃は面白そうに見た。

「あんた、知らんの。うちがさっきも言うた、昔の客――伏見町の、なんとかいう唐物問屋。新十郎さん、その店と手ぇ組んで、いっとき、本家に内緒で悪い商いしてはったんや。それが本家の兄さんにばれてしもて、大揉めに揉めたんやで」

「まさか」

澪は、笑って首を振った。

あの叔父に限って、そんなことがあるはずがない。

商売だけがすべてではない——そううそぶいて武芸を生き甲斐にしている男ではないか。

酔っぱらいが、何をおかしなことを……。

「あの若さで隠居させられたら、そら、腹も立つやろ。新十郎さん、ここに来て、阿呆みたいにお酒飲んでな。本家の連中に何が判る、絶対いつか、一族から離れて、もう一度自分の商い始めたる——そう言って、三日も四日も居続けしてくれた。ああ懐かしい。もう一回、会いたいわ。新さん……」

最後のほうは、澪に喋っているわけではなく、遠い日の新十郎に語っている口調だった。

澪は、黙って、目の前の女を見つめた。

本気にする必要はない——そう思った。

だが、問いは勝手に、口からこぼれ出た。

「悪い商い、って、叔父さん、いったいどんな商いをしてはったんやろか」

「商い?——さあ、何やったやろ。……ええと、確か……そう、薬種や。新十郎さんは、扇屋ていう唐物問屋と手ぇ組んで、異国渡りの、薬種の抜け荷に手ぇ出してはったんや。後ろには加賀のお侍衆もついていてて、一時はかなり儲けてはったらしいで……」

第四章　異国商い

一

澪は、花垣屋を後にし、淀川を渡ったところで志津と別れた。
志津は、本家の屋敷まで送ると言ったが、澪は今橋に帰るつもりはなかった。
頭の中では、花垣屋で聞いた話が、渦を巻き続けていた。
死んだ夫、駒次郎が、遊女の元に通っていたこと。
あの菊池が、なじみの女を通して善次郎に接触した可能性が高いこと。
だが、何よりも……
(希楽叔父さんが、本家に黙って抜け荷商いをして)
それが本家――つまり、澪の家だ――にばれ、無理矢理に隠居をさせられたという。
本当なのだろうか。
(だとしたら……)
その昔の商いが、今回の毒殺事件に関わっている可能性とて、否定出来ない。

（まさか、うちがそれに気づくのを恐れて、叔父さんは……）
澪が事件に関わるのを嫌がったのだろうか。
澪を屋敷の奥に閉じこめ、藤馬や志津と会わせまいとしたのだろうか。
（まさか）
……気楽に生きていこうと思てな。名前も希楽に変えたんや。
三度の飯より武芸が好き。だから、分家の主《あるじ》の地位も惜しいと思わなかった。
笑ってそんなことを言っていた叔父だ。
誰よりも信頼していたひとだ。
（そのひとが、大きな秘密を抱いていた……）
聞いてしまった言葉を胸に抱えたまま、今橋に戻ることは、できなかった。
このまま和泉町に行って、希楽と話をするのだ。
花垣屋の萩乃に話を聞いた……といえば、叔父はどんな顔をするだろう。
狼狽《うろた》えるだろうか。青ざめるだろうか。それとも、平然としているのだろうか。
和泉町に着く頃には、日は傾き始めていた。
門を入ると、庭木に水を撒《ま》いていた女中が、驚いた顔になった。
「お嬢さん、まあ、帰ってきはったんですか」
「うん。叔父さんと話がしたく――」
「旦那様、旦那様、お嬢さんが――」

澪の言葉を聞かず、女中は奥に向かって大声を上げた。

行儀をきちんとたたき込まれている鴻池の女中がはしたない、と澪は思ったが、奥からはさらに大きな声が返ってきた。

「なんや、戻ってきたんか」

走り出てきたのは希楽だった。

希楽は、澪を見て、良かった、と安堵の笑みをこぼした。

「これ以上遅なるようやったら、儂が捜しに行かんならんと思てたんや」

「……って、あの」

「お前さんが、なかなか戻ってこん、て、こいつが心配して相談しにきよった」

そう言った希楽の後ろから顔を出したのは、本家の手代、一蔵だった。

「一蔵はん」

「すんまへん、お嬢さん。やっぱり、いてもたってもいられんで」

いったんは外出を承知した一蔵だったが、やはり気が気ではなく、適当な理由をつけて屋敷を抜け出し、和泉町に相談に来たのだという。

「御料さんには、お嬢さんは和泉町にお出かけやさかい迎えに行きます、て言うてきました」

「義姉さんに？」

抜け出したのがお関にもばれてしまったわけだ。帰ったら説教されるかもしれない。澪は露骨に顔をしかめた。

　希楽が苦笑した。

「そう嫌な顔せんでもええ。……本家がそないに嫌やったら、こっちに戻ってきてもかまへん」

「叔父さん」

「今橋に放り込んだらおとなしくしてるかと思った、儂が間違いやった。よけいにまわりに心配かけるだけ。それやったら、こっちにおったほうがまだましや。儂から本家に一筆書いたる。跳ねっ返りの後家小町は、儂が責任持って面倒見る――てな。一蔵、お前さん、本家に持っていってくれ」

　笑いながら、希楽は奥に戻っていく。

　澪は、その背を見ながら、一蔵に問うた。

「一蔵はん、もしかして、叔父さんに言うた？　うちが、どこに何をしに出かけたか」

「はい。おおまかには」

　澪は、そう、と短くうなずいた。

　花垣屋に行ってきた、と、希楽はすでに知っているのだ。

「お嬢さん、本当にすんまへん」

　一蔵が、頭をさげた。

「お嬢さんにお話ししたあと、自分でも考えてみました。私のやったことは、やっぱり、間違ってました。自分のことばかり考えて……」

「そんなこと、ありません」

澪は首を振った。

「謝らんといて。兄さんがこっそり遊びに行ってたこと、一蔵さんは、父さんに秘密にしてくれてはった。兄さんも、嬉しかったと思う。うちも、一蔵さんのこと、秘密にします。一蔵さんは、これから鴻池の暖簾を継いでいくひと。これからも、兄さんのこと、よろしく頼みます」

「お嬢さん、おおきに。本当に――」

一蔵は頭を下げた。

そこで希楽が文をしたためて戻って来、一蔵は文を持って、そのまま本家に帰っていった。

「お前さんも、あんまり奉公人困らせたらあかんで」

希楽は、澪を見て、言い聞かせる口調で言った。

「本家のお嬢さんに無理言われたら、奉公人はどうしようもないやろ。お転婆《てんば》娘に、屋敷に閉じこもっとけ、ていうのも無理な話やろけど。――まあ、ええわ。そろそろ夕飯や。いつまでもそないなとこにおらんと、早うあがり」

「はい」

澪はいったんうなずき、自分の部屋に戻ろうとした。

だが、やはり思い返し、奥座敷に戻っていく希楽を追った。

「叔父さん――叔父さんに訊きたいことがあるんやけど」

「何や」

希楽が振り向いた。

いつも通りの表情だ。何も後ろめたさは見えない。

「何や。何を訊きたいんや」

問い返され、澪は言葉に詰まった。

とっさに何から訊いていいか判らない。

「叔父さん、扇屋ていう唐物問屋のこと、知ってる?」

思い切って、はっきりと口にしてみた。

「扇屋――」

希楽は一瞬澪を見つめ、

「まあな」

曖昧な顔で言った。

次いで希楽が何を言うか――澪は息を詰めるような思いで待った。

「お前さんを後添《のちぞ》いに欲しいて言うてるとこやろ」

「――え」

澪は目を丸くした。

「何それ、て、言い出したんはお前さんやないか」

「でも――そんな話、聞いてへん」

澪は大きく首を振った。

だが――言われてみれば、半月ほど前に本家に戻ったとき、奉公人が何やら噂していたのは、耳にしたような気もした。

それに、確か、あのとき。

……扇屋からの再縁話も断ったそうだな。

菊池兵吾と店先で初めて顔を合わせたとき。

確か、あの男は、そう言ったのではなかったか。

だとしたら、澪の再縁話は、町でも、噂になっていたのかもしれない。

(知らんかったんは、うちだけ)

また蚊帳の外だったというわけか。

「けど、その話は、とうに本家の善右衛門兄貴が断った。安心せい」

「断ったて、なんで」

「扇屋の主人は、もう、五十。澪と釣り合う相手と違う」

「五十」

「跡取りの一人娘かて、お前さんより年上や。確か美咲とか言うたな。婿をとったて話は、まだ聞かんけど」

「叔父さん、その扇屋のこと、詳しいんや」

「別に。本家から聞いただけや」

「鴻池一族とは、今も取引のある店なんやろか」

「あらへんはずや」

「……………」

「なんや。どないした。何か気になることでもあるんか」

「父さんが縁談を断った理由は、本当に年齢だけ？」

「そうや」

「……他には、理由はあらへんの？」

澪は叔父の顔をじっと見つめた。

「さあ、詳しいことは、儂は知らん。隠居の身やさかいな」

希楽は首を振った。

「なんや。……どないしたんや。さっきから、奥歯にものの挟まった話し方して。言いたいことがあったら、言うたらどうや」

希楽はいつも通りにとぼけた表情をしている。

言いたいことはある。

叔父さん、うちに、何か隠してることある？

兄さんが毒を盛られた事件について、本当は何か、知ってる？

叔父さんは、鴻池の本家のこと、本当は嫌いなんと違う？

——言えるはずがなかった。

結局、澪は何も聞き出せないままに、作り笑いで、希楽と夕飯を食べた。

和泉町で暮らすようになってから、こんなに気まずい思いで過ごした夜は初めてだった。

二

翌日、朝起きると、すでに、希楽は出かけてしまっていた。

特に行き先も告げずに出かけた、と女中は言った。

「何か、うちに言付けは？」

「いえ、特に何も仰《おっしゃ》いませんでしたけど」

「そう」

澪は首を傾げた。

数日前、あれほど強引に澪を今橋に追い払った希楽だ。和泉町に戻ることは許しても、勝手に出歩くな等々と注文をつけるに違いないと思っていた。

それが、澪を一人ほったらかして、勝手に出かけた。

（どういうことだろう）

希楽の気持ちが、澪には本当に判らなかった。

だが、それならそれで、自分は自分のやりたいようにやる。そうするしかない。

考えていることがあった。

花垣屋で志津が萩乃に見せた書き付けのことだ。

天満屋の主人や、奉行所役人の名前と並んで、書かれていた新しい名前。

その住処が、南久宝寺町の常法寺だった。

和泉町からだと、東横堀川を越えて、ほど近い。

常法寺という寺を、澪は知っていた。

このあたりでは、知られた寺だった。

特に由緒があるわけでもないが、人柄の優しい住持がいるのだ。

余裕のある暮らしぶりではないにもかかわらず、境内に捨てられていた捨て子を何人も引き取り、奉公先が見つかるまで養ってやっている。

そんな評判が広がったからか、捨て子をする者が増え、常法寺には、常に、身よりのない子供が何人かいた。あの大塩の乱のときも、焼け出された子供たちを幾人か引き取り、世話をしてやっていたはずだ。

和泉町の屋敷にも、その評判は伝わってき、希楽は、孤児たちの養育に役立てて欲しいと、かなりの額の金を、常法寺に寄進した。

その常法寺にいた男――長吉という名だった――が、善次郎と同じ毒で殺された。

どういう男だったのか、調べてみる価値はある。

常法寺は、南久宝寺町の三丁目、町家の並びのなかに、こぢんまりと建っていた。

大坂市中では、寺は寺町に集住するのが基本である。

北の寺町が天満の役人屋敷の北側に、南の寺町が市中の南のはずれ、四天王寺へ延びる街道沿いにある。

つまり、南北いずれからでも、大坂に入ろうと思った場合、まず、寺町を通ることになる。造りのしっかりした寺が、南北の入り口にずらりと並んでいれば、万一、どこぞの軍勢が攻め込んできたときも、砦《とりで》代わりに使える――そんな戦国の知恵の名残とも言われている。

が、例外的に、寺町に居住しない宗派があった。

浄土真宗である。

一向宗とも呼ばれ、かつて一向一揆で戦国大名衆を恐れさせた宗派だ。

寺町に集住が許されないのは、一向宗を一ヵ所に集めれば徒党を組み、一揆を起こすから――と言う者もいる。

一揆などとは大昔の話であって、浄土真宗の僧侶は、他宗と違い、肉食妻帯が許されるため、寺町で暮らすには俗に近すぎるのだ――とも言われる。

とにかく、町家の並びに、一向宗の寺は建てられている。

女中には近くの小間物屋に行くと偽りを告げ、澪は一人で出かけた。

訪いを入れると、常法寺の住持は留守だったが、代わりに、坊守《ぼうもり》と呼ばれる住持の妻が出てきた。

腕には乳の匂いのする赤子を抱いているが、目尻の皺が深い中年女である。

「また捨て子なんよ。今朝方、境内で泣いてたんや。本当にもう……」

困ったもんや、と言いながら、女の目尻は下がり、いとおしそうに赤子を見つめていた。

澪も思わず、寝顔をのぞきこんだ。

「可愛らしい」

そうやろ、と女は得意げに言った。

「今日は、なんや、朝日がいつもより綺麗でなあ。お堂の雑巾がけしながら、綺麗な朝日やなあ、てほれぼれしとったら、庭先から泣き声が聞こえてきて、この子が居《お》った。あの朝日は、今日は良《え》え日になるで、て知らせやったんや。新しい宝物がやってくる日や、て」

「宝物」

澪は、もう一度、赤子をながめ、その小さな手を、そっと指でつついてみた。赤子は眠ったまま、静かに息をしている。

「もちろん、育てるのは大変やで。生半可なもんと違う。お嬢さんも、そのうちに判ると思うけど。――ところで」

べらべらと喋ったあとで、女は、改めて澪の顔を見返した。

「どちらのお嬢さんやろ。うちの檀家《だんか》さんとは違うみたいやけど」

「おうかがいしたいことがあって来たんです。うちは……二町ほど向こうにある呉服屋の娘です」

鴻池の娘、とは名乗らなかった。

そう名乗った場合に、町の者が見せる顔は想像がつくし、そんなお嬢さんがなぜ手先まがいの探索ごとをしているのか、と詮索されるのも嫌だ。

「三月前、町で悪い男にからまれたことがあったんです。それを助けてくれたひとを捜してて——こちらの長吉さんと違うか、て教えてもらったんです。それで」

「長吉。長吉は確かに、うちにおった子やけど」

女は目を丸くした。

「そやけど、人助けなんかするやろか。そら、性根は優しい子やったけど、それでも、阿呆なことばっかりやってた悪《わる》や。余所のお嬢さんを助けるやて、まさか——」

そこまで言って、女は確かめるように澪を見上げた。

「本当に長吉て言うたんやろか。その、お嬢さんを助けた子は」

「え、ええ……。でも、ここの長吉さんかどうかは」

「そやな。そらそや。判らへんわ。確かめようもないし」

「確かめようがない、て、長吉さんは」

「長吉……死んだんや」

女の声が沈んだものになった。

やっぱり、と澪は思った。

「本当ですか。いったいどうして」

「ひと月前や。妙な病気になってな。罰が当たったんや、てうちは思てた。あないに人に迷惑ばっかりかけて、悪さばっかりしてたさかい、仏罰がくだったんや——て、そう思てたんやけど」

女は言葉を詰まらせた。

泣き出したのかと澪はたじろいだが、顔をみれば、女は笑顔だった。

「長吉が、気まぐれでも、お嬢さんのこと助けたんやったら、こんな嬉しいことあらへんわ。お嬢さん、良かったら、あがって、もう少し長吉の話、聞かせて」

心底から嬉しそうな声に、澪は後ろめたさを感じたが、もう後には引けない。

「こちらこそ、長吉さんのこと、お伺いしたかったんです」

入って入って、と女に促されるまま、履き物を脱ぐと、女の腕のなかで赤ん坊が小さくくしゃみをした。

女は名をお夕と言った。

本堂の縁に澪と並んで腰をかけ、

「長吉も、捨て子やったんや。十までうちで育てて、それから大工に弟子入りさせたんやけど」

捨て子だ拾われっ子だと兄弟子たちにいじめられ、半年で奉公先を飛び出し、それからは、かっぱらいで捕まったり、賭場に入り浸ったりと、道を踏み外していった。

「性根は優しい子やった。けど、優し過ぎたかもしらん。もうちょっと、図太い子やったら、良かったんやわ、きっと」

お夕は、隣の部屋に赤子を寝かしつけ、番茶を入れた湯飲みを、澪の前に持ってきた。

「妙な病気て、さっき言わはりましたけど、いったい、どんな……」

「顔にびっしりと赤い斑点が出てな。ひどい熱やった」

間違いない。あの毒だ。

「長吉さん、そのころ、どこのお店に奉公してはったんですか」

「奉公やて、そんな」

お夕は苦笑して首を振った。

「お店者になれるような子と違うわ。最後にやってたんは、仲仕の手伝い。大きな唐物問屋に雇われて、荷揚げの手伝いしてるて言うてた」

「唐物問屋。いったいどこの……」

「お嬢さん、あんた、それ聞いてどないする気」

お夕の声が、かすかにとがった。

「え、あの……せめて長吉さんがどんなお人やったんか知りたいて思て……」

「やめとき」

お夕はゆっくりと首を振った。

「長吉のこと気にしてくれるんは嬉しいけど、あの子は、本当に、阿呆やった。性根は優しかったけど、本音言うたら、どこかで人を傷つけたりしてへんやろか、人を騙《だま》したりしてへんやろか、ていつも気になってた。そういう、阿呆のろくでなしやったんや。忘れたほうがええ」

「けど──そやけど」

「長吉のこと思い出してくれるんやったら、お嬢さんの前で見せた、ええとこだけ思いだしたって。うちも、そう思うことにしてるんや。もう会われへん子やねんから、ええとこだけ覚えとこ──て。そういう話やったら、いくらでも話したげる」

さ、お菓子でも食べて、と、お夕は仏前から下げてきた干菓子を澪にすすめた。その顔は、さばさばとして、死んだ養い子の死も、たくましく思い出に切り替えているように見えた。

「──ええとこだけ」

楽しかったこと、嬉しかったことだけ。

（それだけを思い出して──）

澪は、死んだ駒次郎のことを思いだしてみた。

初めて会った日のこと。祝言のとき。最後に交わした会話。想い出せることは、哀しいほどに少ない。二人にとって、本当に楽しい思い出なんか、あったのだろうか。

考え込んだ澪を見て、お夕は何を思ったのか、

「そんな顔せんとき、お嬢さん」

困ったように言った。

「そんな、お嬢さんに涙ぐんでもらうような子と違うんや。詳しく話せへんのも、本当に、悪やったから。こないだも、奉行所のお役人がなんや調べに来はったけど、とても、本当のことは喋れへんかった」

藤馬に違いない、と澪は思った。

藤馬が長吉の名前を突き止め、調べにきたとき、お夕と話したのだ。——だが、お夕は、本当のことは喋れなかった。

「うちが止めたら良かったんかなあ」

ひとりごちるように、お夕が言った。

「ごっつい儲け話がある——あの子がそう言うてきたときに、うちが止めたらよかったんやろか。ほしたら、あの子、死なずにすんだんやろか」

お夕は、遠い空を見るように視線を投げた。

お嬢さん、ともう一度澪に向き直ると、

「あの子、殺されたんかもしらんのよ」

「殺された」

「そう。毒を飲まされて」

毒――と言ったお夕の声が、かすかに震えた。

ずっと胸の奥にしまっていた重い言葉を口にした――そんな風だった。

澪は、息を詰めて、お夕が言葉を続けるのを待った。

「あの子、死ぬ直前、ずっとうなされてた。騙された、騙された、て。あの子、きっと、危ない仕事に手ぇ出してた。それで、殺されたんや」

「危ない仕事」

「長吉は、うちらがいっつも貧乏してるて判ってたから」

ある日、半年ぶりに長吉が寺に戻ってきた。

「愛想のひとつも言わへん子やったけど、そのときだけは、なんや嬉しそうに、ええ仕事がある――て言うんや。何や、て訊いたら、唐物問屋の荷揚げや、て。そんな仕事で、そないにお金がもらえるはずがない、なんかおかしなことしてるんと違うか――て言うたけど、あの子はきかんかった。お金になったらかまへん、て。あの子にそないなこと言わせたんは、うちや。うちが貧しゅうて、次から次にやってくる身よりのない子に、ちゃんと食べさせてやることもできてへんかったから。とにかくお金になればええやろ、て言い張って……」

澪は決めた。屋敷に帰ったら叔父に頼もう。叔父に頼んで、もっともっとこのお寺に寄進するように言おう。子供たちが飢えずにすむように。お夕が子供たちをお腹いっぱいにさせてやれるように。

それで、お夕の心が少しでも軽くなるとは、とても思えなかったが。

「そのときに、ちゃんと長吉に話をしたら良かった。お金にばっかり目ぇ奪われてたらあかん。もっと大事なもんがあるやろ——そう言うてやればよかった。……長吉は、なんかおかしなことになるんやないか、て気づいてたんかもしれん。帰りがけに、ぽつ、っと言うた。唐物問屋の名前、こっそりお母ちゃんにだけ言うとく。扇屋ていう店や、そこが、お上にばれたら困るような商いをやってるんや、おれはその手伝いをすることになりそうや……て」

「扇屋」

やはり、と思った。

その店が、今もなお、抜け荷商いを続けていて——身よりのない若者に荷揚げの手伝いをさせ、邪魔になった段階で、毒を飲ませて始末した。あるいは、長吉が、扇屋の名をひとに告げたことが、ばれたのかもしれない。

「どこの扇屋か、判りますか」

さあ、とお夕は首を振った。

「調べようと思たこともない。うちは、そんなこと、知りたくもない」

「でも——」

「その店が長吉のことをひどい目に遭わせたんかもしらん——それは判ってる。そやけど、それ以上のことを知って何になる？　あの子が途方もない悪人と関わってた、そういう奴らの近くにいた——そう判ってしまうほうがうちは怖い。そやから、お役人様にも言わんかった。たとえお役人様が長吉を殺した下手人《げしゅにん》を捕まえてくれたとしても、もう、どないもならんのやし」

「どないもならんて……」

「長吉は、もう戻らへん」

「——」

「もう、何をしても戻ってくれへん。それが判ってて、これ以上辛い思いする必要あらへん。うちの長吉が、なんか悪い商いに関わってたかもしれん——そんなこと考えたない。ええことだけ思い出せたら、それで充分」

ふぎゃあ、とそこで赤ん坊の泣き声がした。

隣の部屋に寝かしていたのが、起きたらしい。

あらあら、とお夕は、慌てて立ち上がった。

「お腹空いたんやわ。お嬢さん、悪いけど、うち、この先の長屋まで出かけてくるさかい、ちょっと留守番しててくれる」

日に幾度も、もらい乳をしに行くのだという。

判りました、と澪はうなずいた。

ほらよしよし、とあやしながら、お夕は赤ん坊を抱き上げた。

きっと長吉のことも、お夕はこうやって、愛情をこめて、育てたに違いなかった。

そんな男を、騙して殺した者がいる。

(扇屋——)

かつて、鴻池新十郎とともに抜け商いをしていた店が、今も、その商いを続け、何人もの命を奪っているのだ。

藤馬や奉行所の役人は、今、その悪事を突き止めようと懸命に探りを入れている。

(——そやけど)

そこで、澪は気づいた。

その探索が進めば、希楽が、かつて扇屋と組んで抜け荷に手を出していたことも、明るみに出てしまう可能性がある。それは、鴻池一族にどんな結果をもたらすのか……。

「お嬢さん」

草履を突っかけながら、お夕が言った。

「庫裡《くり》の裏に、長吉が家に来たときに植えた桜の木があるんや。お墓代わりやと思って、お線香あげたり、お供えしたりしてるし、良かったら、参ってやって」

言い置いて、お夕は赤子を抱いて出ていった。

見送ったあと、澪は、改めて思案した。

今、ここには誰もいない。家捜しをするには良い機会だ。何か、長吉の手がかりになるものがあるかもしれない。

しかし、いざとなると、他人の家をかき回すなど、気が引けて手が出なかった。泥棒のようだ。

（長吉さん、あんまり家には戻ってへんかったみたいやし）

ここは、扇屋の名を確かめられただけで、充分、満足すべきだろう。

それよりも、裏にあるという、桜の木を参ろう。

作り話でお夕を騙してしまった。

せめてもの罪滅ぼしに、墓代わりの木に手を合わせるくらいはしておきたい。

澪は草履を履いて庭におり、木戸を開けて裏にまわった。

確かに、線香の匂いがしている。

桜の木と聞いたが、思いの外に庭は広く、桜も何本かはあるようだ。早咲きの木は、すでに花をつけている。

さてどれだろう――と、澪は背伸びをしてあたりを見回してみた。

足下になま暖かい気配を感じたのは、そのときだった。

驚いて飛び上がりかけ――澪は息をのんだ。

光る目で澪を見上げていたのは、真っ黒い猫だ。

覚えのある小さな目が澪をみあげてにゃあと啼いている。

まさか、と澪は視線をあげた。

（まさか）

めぐらす視線が、一本の木の前で止まった。枝の細い、頼りなげな桜だ。

男がひとり、その木の前に膝《ひざ》をついている。

何やら供え物をしているようだ。

間違いない。

あの、孝助だった。

三

澪は、近くの木陰に隠れた。

孝助は、一人ではなかった。

一歩後ろに、侍が二人、立っていた。

どちらも、袴《はかま》姿で大小を腰に差し、整った身なりをしている。

町奉行所の与力や同心でないのはすぐに判った。

おそらくは、どこかの藩の蔵役人だ。鴻池の家に出入りする、大坂詰めの藩士たちと似通った雰囲気があった。武芸よりは勘定方の似合う武士たちだ。

「綾瀬《あやせ》殿」

右側の男が口を開いた。まだ二十代とおぼしき若い武士である。

「これ以上、彼奴らをのさばらせておくわけにはいかぬ。奴らはすでに加賀藩士ではない。にもかかわらず、藩の名をかたっての悪行三昧。先日は、ついに、町奉行所の同心に捕らえられる者まで出た。これ以上、騒ぎを起こす前に始末をつけねばならぬ」

「確かに、そやろな」

苦笑混じりで応えたのは孝助だった。

「けども、おれも、もう加賀藩士とは違う。単なる大坂の摺りもの売り。あんたらとは何の関係もない」

「綾瀬殿——綾瀬孝之助《こうのすけ》殿」

若侍が声を荒らげた。苛立《いらだ》った声だ。

「そうやって、いつまで笑ってすますおつもりか。このままでは、お家の一大事。そうなれば、綾瀬殿にも責任はある」

「とっくに藩を追われた身に、まだ、責めを負わす気か。藩との縁は七年前に切れた。焼け野原の町で、藩はおれたちを切り捨てた。今さら泣きついてくるやて、加賀の侍も恥知らずになったもんや」

孝助は、桜の木を見つめたまま——侍に背を向け、膝をついたままだ。

「——綾瀬殿」

もう一人の侍が、ゆっくりと口を開いた。四十がらみの男だ。

「いや——貴殿がすでに綾瀬孝之助でないというのなら、それでもいい。勘違いしないでもらいたい。我々は、貴殿に責めを負わすつもりはない。ただ、昔なじみとして、その腕を見込んで頼んでいる。あの店の者は——菊池兵吾は、我らの昔の所業を知っている。奴が藩の名をかたり悪行を重ねていると判っても、手を出しかねているのはそのためだ。だが、もう限界だ。奴らをしとめるには、腕のある者が必要だ」

「——」

「貴殿は、我らが自分の手は汚していないといったが、それは違う。先日、奉行所に捕らえられた岡島は、蔵屋敷の方で始末をつける。すぐにも身柄を引き取り、始末するつもりだ。相当の金が必要になるだろうが、仕方がない」

「なら、菊池兵吾も、他の連中も、同じように片付けたらええ」

「そのようなことを言っていいのか。菊池兵吾という男は、貴殿にとって浅からぬ因縁の相手ではないか。菊池が妻同然に暮らしている美咲という女のことは、以前にも伝えたはずだ。女は今、病の床にいる。菊池はそれを治す手だてを持たぬ。貴殿が我らに力を貸してくれれば、我らがその女を助けてやってもいい。加賀百万石の力を持ってすれば、どんな良薬も……」

「——黙れ」

冷えた声で孝助は男の科白を遮った。

「もう一度美咲の名を口にしやがったら、貴様から先にたたき斬るぞ」

口調ががらりと変わっていた。

侍たちがたじろぐのが、澪の目からでも見てとれた。

「ともかく」

年輩の男が慌てたように言った。

「今回の騒動に片が付いたら、もとの身分で召し抱えてもよいと殿も仰せなのだ。綾瀬の家も再興できる。良いな。よく考えて動かれよ」

念を押し、それから、男は連れを促して歩き出した。

庭の奥に、裏木戸がある。

澪のいる方には近寄って来ず、そちらから庭を出ていった。

孝助は、一人になってからも、しばらく動かなかった。

ただじっと、桜の木を見上げている。

（何を考えているのだろう）

見つめる澪の視線に気づいたのか、孝助がふと振り向いた。

木陰に立つ澪を認め、瞠目して立ち上がった。

「美咲――」

孝助は言った。

美咲。さっき聞いた名だ。

澪が首を傾げると、男ははっと気づいたようだ。

「あんた――」

幾度か瞬《まばた》きをした。

どうやら、誰かと見間違えたらしい。

「鴻池の後家さんか。なんでここに──て訊くまでもあらへんな。目の付け所は同じ、長吉か」

孝助は目を細めて言った。


孝助は無造作に歩み寄ってきた。

澪は顔を強ばらせて後ずさった。

孝助は苦笑した。

「そないに怯えんでもええやろ。おれはお嬢さんの命の恩人やで」

そう言った口調は、今まで会ったときにくらべ、柔らかい気がした。

怯えることはないのかもしれない。

澪は改めて孝助を見直した。

「助けてもらったことは感謝してます。……そやけど、孝助さんは泥棒もした」

「まあな」

孝助が目の前に立った。

その背にいつのまにか夕焼けが広がっている。

もう、夕刻なのだ。

夕日を背に受けて、孝助の表情が見えない。

「あの薬――もしかして、誰かに飲ませるために盗っていかはった？」

澪は表情のない孝助を見上げた。

「誰か病気のひとが、近くにいはるんやろか」

美咲という女は病の床にいる――澪の耳には、さっきの侍の言葉が残っている。

「病とは違う。毒や。お前さんの兄貴が飲まされたと同じ」

孝助は、微妙にずれた答を返した。

「鴻池なら、解毒薬くらい、とうに手に入れてるかと思て無茶もしたけども、そうでもなかったみたいやな。鴻池に異国商いのつてはないんか」

「うちは両替商や。そんな商いとは関係ありません」

「ご立派なことで」

孝助は小さく嗤《わら》った。

「で――分家筋が昔に手を出した抜け荷商いのことは、忘れたふりか」

知っているのだ。

どうして――と思わず口にしそうになり、澪は慌てて言葉を飲み込んだ。

かまをかけているだけなのかもしれない。うかつなそぶりは見せられない。

「正直なお嬢さんやな。顔に出てるわ」

孝助は面白がっている。

「何人もの人間が毒で殺された。その事件のまんなかに、あんたらの一族がいる。それにようやく気づいたか」

「――――」

澪は、孝助を睨んだ。

このまま黙っていてはだめだ、相手の言葉に乗せられる。何か言い返さなければ。

「孝助さんがさっき喋ってたの、加賀藩のひとやろ。扇屋の抜け荷に加賀藩が絡んでた、ていうのも、本当やったんや。ほなら、毒殺事件にも、加賀藩は関わってるんやろか」

「やとしたら、どうする」

「どうって?」

「相手は百万石の大大名。そうと判ったら、さすがのお転婆小町殿も引き下がるか」

「………」

少し考えて、澪は首を振った。

相手が百万石だろうが、なんだろうが、関係ない。

こっちは天下の鴻池――商人の都を支えてきた天下一の豪商だ。大名だろうが、幕閣だろうが、恐れる筋合いはない。

ないはずだ。

澪はそう口にした。

「さすがやな、大坂一の長者様」

　孝助が笑った。

「その傲慢《ごうまん》さが、人の恨みを買うんや」

「言われんでも判ってます」

　澪は挑むように言った。

「そやけど、うちは許せへん。ひとの命を踏みにじって平気やなんて、絶対に間違ってる。人の命だけは、何よりも大切なものや、百万石のお大名でも、そんなん許せへん――あの大塩平八郎と同じや」

「大塩――」

「自分のやりたいことを通すためやったら、町の者なんか殺したってかまへん、家燃やしたってかまへん――そう思って好き放題やった大塩と同じ」

「後家小町殿は、そんなに大塩平八郎が憎いか」

「当たり前やわ」

「そやけども、貧しい町の者は今でも大塩さまと拝む。人の命が何より大切――それはお前さんが金に困ったこともなく呑気《のんき》に生きてきたから言えることや。第一、大塩が乱を起こしたからこそ、豪商たちは慌てふためいて施行《せぎよう》を始めたんや。のど元に刃物つきつけられるまで、金持ちどもは飢えて死んでいく者の気持ちを考えることもなかった。鴻池も同じと違うか」

「……確かに、一族のやり方に間違いがなかったとは言われへん。それは、判ってます。けど」

澪は拳《こぶし》を握りしめた。

「そやからて、大塩に、町を焼いてかまへん理由があったとはどうしても思えへん。商いのために人を殺すことが許せへんように。うちは今でも、大塩平八郎も、その仲間も、自分の手で殺してやりたかったて思うほど憎んでる。兄さんが殺されたら、その犯人も、同じくらい憎むわ。うちの大事なものを踏みにじる人はみんな同じや」

「殺してやりたかった――か」

孝助は小さく言った。

「鴻池小町も、心の内では人並みなことを考えてるもんやな。鴻池の人間は、あの騒動のあとも、何もなかったような顔で店を建て直して元通りにした。さぞ大変だったでしょうと言われても、他人事《ひとごと》のように笑ってる。何をされてもびくともせん化け物みたいな一族や――そう思とったけど、安心した」

孝助は澪から視線をそらすように横を向いた。

「おれも大塩平八郎は憎い。あの町役人さえつまらん騒動を起こさなかったら、おれにも今頃、まったく違う生活があった。おれにも――菊池兵吾にも」

「菊池兵吾」

澪はその名を繰り返した。

「孝助さん、やっぱり、あの男の知り合いなんや。でも、あのひとはお侍や。大塩騒動で人生が狂うたやて信じられへん」

あの騒動で家や財産を失ったのは、ほとんどが町人である。

強欲な役人や豪商を懲らしめ飢饉に苦しむ町の民を救う――そう唱えて「救民」の旗をあげた大塩平八郎は、実際には罪もない多くの町人の住処を焼き払った。大坂に暮らしているのは大半が町人なのだから、当然だ。

やり玉にあげられた町奉行や大坂城代らは、所詮は、江戸から赴任してきた大名や旗本。大坂の役宅が焼けたからといって何の苦労もない。

諸藩の蔵役人たちも、そう。

蔵屋敷が燃えたからといって、大した被害はなかったはずだ。

「侍でも、や。あんなことが大坂で起こるとは誰も思てへんかったからな。何かしら、害は被《こうむ》った。蔵屋敷に届けるはずの荷がすべて燃えて、藩主の側室に飲ませるはずの薬が間に合わんかった――そんな理由で御用達を解かれた店もあった」

孝助が目の前の木を見上げた。

いつのまにか、黒猫が枝の上にうずくまっている。

でも――と澪は言った。

「薬やったら、たとえば、道修町《どしょうまち》にでも駆け込めば、きっとなんとかなったはずや。あのあたりも一面焼けたはずやけど、どこかに少しくらい焼け残りが――」

「阿呆か。どこかに少しくらい残っていたとして、それを手に入れるのにどれだけ金がかかると思う。言うたやろ、世の中には、金ならなんぼでも動かせる者だけが生きてるわけと違う」

「――――」

「しかも、その店は、騒動の直前に、頼みの綱と思っていたなじみの両替商に、縁を切られとった。本家にばれた――それだけの理由で、その両替商は、あっさりと手のひら返した」

「………」

「結局、店は、藩にも捨てられた。ちょうど大塩騒動の直後、幕府が諸藩の動向に厳しい眼を向けるようになって、藩にはこれ以上抜け商いを続ける気がなくなってた。――もちろん、扇屋は簡単には従わんかった。風向きが悪うなったからて、簡単に逃げ出されては困る、奉行所に密告するとまで言って脅しをかけた」

「それで、加賀藩は――」

「すべて一部の藩士が勝手にやったこと――そう言って、関わっていた藩士ごと店を切り捨てた。菊池兵吾もその一人や」

「――孝助さんも？」

確かめるような言葉に、孝助は応えなかった。

「切り捨てられた店と藩士は、藩を恨み、かつて仲間だった両替商を恨んだ。特に、両替商は、焼け野原の町に、施行《せぎょう》だなんだと金をばらまいて、施行番付の頭に名前を載せて、一方で、過去の後ろ暗い商いを隠すため、なじみの店を見殺しや。恨み買うてもしょうないやろ」

「その恨みで、扇屋は兄さんを狙った、ていうことやろか」

にゃあ、と声がして、黒猫が駆け下りてきた。

飼い主の腕のなかに戻る気になったらしい。

孝助は黒猫を抱き上げた。

「――でも、大塩騒動から、もう、七年も経った今になって、なんで」

「さあな」

そこまではおれには判らん、と孝助は首を振った。

腕のなかの猫を優しい目で見下ろしている孝助の横顔に、澪は、思い出した。

さっき、侍たちが口にしていた名前のことだ。

「孝助さん。美咲さんていう人も、事件に関わってるん？」

ためらいながら、口にした澪だったが、すぐに後悔した。

とたん、孝助の表情が、凍ったのだ。

「――堪忍。でも」

澪は慌てて言葉を継いだ。

「美咲さんて、確か、扇屋の娘さんの名前や。叔父さんに聞いたんや。……そのひと病気なんやろ?」

孝助は応えず、きびすを返して歩き出した。

「待って。孝助さん」

澪は後を追った。

構わず歩いていく足を、どうしても止めさせたいと思った。

自分が失敗したのは明らかだった。

孝助は怒ったのだ。

簡単に口に出していい名前ではないのだ、その名は、孝助にとって。

(でも――)

このまま帰らせるわけにいかない。

「孝助さん、お家はどこなん? お家教えてくれたら、うちが薬、届けてあげる。こないだ、うちと一緒に孝助さんに助けてもろた女医者の志津さん。あのひとが、毒に効く薬を持ってはる。兄さんは治ると思う。同じ毒やったら、美咲さんもきっと治るはずや。――孝助さん、うちのこと、何度も助けてくれたし、お礼がしたいんや」

早口で言い立てると、孝助はようやく足を止めて澪を振り向いた。

「――お嬢さん、本気でそう言うてんのか?」

「うん。孝助さんは命の恩人やから。――お家、どこ?」

「順慶町の長屋」

「判った。覚えときます」

「──本気にしたんか」

孝助は、あきれたように言った。

「泥棒が、忍び込んだ家の娘に、本当の居場所を教えると思うか」

「それはそやけど」

孝助の言ったことは本当だ、という気がした。

孝助は、嘘はついていない。それは、澪に対してではなく、その美咲という女性に対しての、孝助の誠意であるはずだ。

「阿呆か」

孝助は、目を細めて澪を見た。

「あんまり簡単に人を信用せんことや、育ちのいいお嬢さん。そのうち、足下すくわれるで」

「かもしれへん」

「阿呆」

もう一度、孝助はそう言った。

表情からは、さっきの怒りが消えているように思えた。

そのまま黙って、孝助は去っていく。

澪はその背を、じっと見送った。

四

お夕が戻ってくるのを待っている間に、あたりは薄暗くなり始めていた。

日が落ちる前には屋敷に帰らなければまずい。

澪は、急ぎ足で和泉町に戻った。

人影に気づいたのは、屋敷の門を入り、玄関まで来たときだった。

「澪」

澪はびくりとしたが、声をかけてきたのは、藤馬だった。

庭へ続く木戸の脇で澪を待っていたのだ。

どうして中に入らないのか――と訊ねるより先に、藤馬が言った。

「どこに出かけていたんだ。供も連れずに」

「あの毒のことを調べたくて――それで……」

「また、妙な男たちに出くわしたらどうするつもりだ。不用心な」

妙な男ならもう会ったとは言えなかった。

「うん。気をつけなあかんとは思てたけど」

「思っていた？　思っていただけではしようがないだろう。いい加減にしろよ。女は女らしく、なんでおとなしくしていられないんだ。自分の身も守れないくせに！」

「藤馬様……？」

思わぬ大声に、澪は首を傾げた。

どうかしたのだろうか。藤馬は、女を頭ごなしに怒鳴りつける男ではなかったはずだ。

「……藤馬様、それよりも、お話ししたいことがあるんです」

とりあえず、屋敷にあがってくれ、と澪は言った。

「南久宝寺のお寺――あそこの坊守さんと、いろいろ話をしてきたんです」

扇屋のこと。抜け荷のこと。加賀藩のこと。

自分が知ってしまったことを、藤馬に告げ、同時に、何をどこまで、奉行所が突き止めているのか、探りを入れたかった。

事件の真ん中には、鴻池一族も関わっている。

奉行所役人である藤馬が、それに気づいているのかどうか――訊いてみなければならないことだった。

だが、藤馬は動かなかった。

「余計なことはするな」

そう言った声が、突き放したように冷たかった。

「そもそも、この事件は初めから、澪の関わっていい話ではなかったんだ。澪に話などするんじゃなかった」

「――なんでいきなりそんなこと……」

「今日、加賀藩の蔵屋敷から町奉行に、内々で申し入れがあった。この間の男——澪に狼藉をはたらこうとして仲間におきざりにされた男。あの男の身柄を引き渡せと要求してきやがった。奴は岡島という名で、今は浪人だが、かつては正真正銘の加賀藩士。早々に身柄を渡せと要求されれば、拒むことは出来ない」

「蔵屋敷から申し入れ——」

そういえば、常法寺にいた加賀藩の侍たちが、そんなことを言っていた。

あれは事実だったのだ。

「もと藩士が町で狼藉をはたらいたことを認めて藩内で処罰する——そういうことやろか」

「まさか」

藤馬は、苛立ったように地面を蹴った。

「あんな大藩は、自らの都合の悪いことを認めはしない。町奉行所など、いかほどのものとも思っていない。即刻、藩士の身柄を引き渡せ、でなければ、幕閣に申し入れる、そう脅しまがいの要求を奉行所に突きつけてきただけのこと」

「それで、お奉行様は……?」

恐る恐る澪は問うた。

だが、答は聞かなくとも判っている気がした。

「幕閣にも力を及ぼすほどの大大名相手に、お奉行が何が言える。お奉行といえど、所詮はただの旗本。すぐに岡島は自由の身になった。——そもそも、この件に関しては、初めからお奉行は乗り気ではなかったんだ。同輩がひとり非業の死を遂げたというのに、ろくな調べもせず、ただことを荒立てぬようにとばかり。岡島は、迎えの駕籠で、喜んで帰っていったよ」

「でも、あんなにひどい連中やのに」

板橋町で襲われたときのことが思い出され、澪は憤《いきどお》りを口にした。

「藤馬様。うちが——うちにできることがあったら、なんでもしますから……」

町奉行さえも折れた相手だ。町人の身で何ができるわけもない。——ただの町人ならば。

だが、澪の父親は鴻池善右衛門だ。

天下の豪商、鴻池。

その力を使えば、何かできることがあるかもしれない。この町で、権力者の横暴に対抗できるものといえば、それしかない。この町だからこそ、できることだ。

言いかけた澪を、藤馬は荒い声で遮った。

「ひどい連中だと判っていて——どうしてそうやって、ふらふら歩き回るんだ。志津と一緒に曾根崎の茶屋にまで行ったそうだな。それがどれだけ危険なことか、判らないはずもないだろうに」

「志津さんから聞かはったんや」

澪は、うかがうように藤馬の顔を見た。声が自然と小さくなる。

「ごめんなさい。そやけど、どうしても気になったんです。兄さんのことやし、うちの手代も気にしてたし、それに――」

「言い訳をするな。そんなことをしたら奴らの目につく――なんでそんなことが判らないんだ。お嬢さんも――志津も」

藤馬が拳で木戸をたたいた。

大きな音を立てて木戸がきしむ。

澪は驚いて口をつぐんだ。

本当に、いったい、どうしたのだろう。

「何かあったんですか、藤馬様」

澪は静かに問うた。

何か、もっと大変なことがあったのだとようやく気づいた。

町奉行が狼藉者を解き放してしまった――それだけで、藤馬がここまで苛立っているはずがない。

「いったい何が」

黙ったままの藤馬に、澪は重ねて問うた。

「志津が」

藤馬は悔しげに顔を背けた。

「志津が奴らに連れ去られた」

志津は、今日の午後、一人で花垣屋に出かけた。

昨日診療した、朝乃という遊女に薬を届けるためだった。

藤馬が役所に出かけたあとに、藤馬の母、登和にそう告げて、一人で出ていった。

それきり、帰っては来なかった。

藤馬の屋敷に文が投げ込まれたのは、昼すぎのことだった。

志津の身柄と引き換えに、身代金を要求する文だった。

署名はないが、明日の暮れ六つ、もう一度、屋敷に文を届けるゆえ、その文に従って金を届けろ、とあった。

要求は、金五千両。

加えて、志津が長崎から取り寄せた薬も渡せとあった。

驚いた登和は、近くに住む藤馬の手先衆を呼びに行き、とにかく藤馬を屋敷に呼び戻した。

藤馬が家に帰ったときには、二通目の投げ文があり、白紙の紙のなかには、志津のものとおぼしき髪が一房、包まれていた。

髪――と聞いて、澪は背筋が震えるのを感じた。

捕らえられ、髪を切られ、志津はどれほど恐ろしい思いをしているだろう。

（だけど、言われるままに薬を渡してしまえば）

善次郎はどうなる。毒はまだ、完全に善次郎の体から抜けたわけではない。善次郎には、残りの薬が必要なのだ。

「奉行所の方々に頼んで、なんとかしてもらうことは――」

「加賀藩の名を聞いただけで怯えてしまうような連中にか？」

それに、と藤馬は苦渋の顔になった。

「そんなことをしたら、奴らは志津に何をするか」

確かにその通りだ、と澪は思った。

むろんのこと、文には、役人たちには口外無用、と念押しの文があった。

うかつには動けない。

「放っておけば、志津は……」

苦しげな藤馬の声に、澪は胸が痛むのを感じた。

志津の身は心配だ。

だからといって、言いなりに金や薬を渡すなど、簡単にできる選択ではない。

第一、いくらなんでも五千両は無茶だった。

鴻池の娘である澪にとっても、途方もない大金だ。

ましてや、町奉行所の役人である藤馬に、一晩やそこらで用意できる金ではない。そんなことは、相手にも判りきっているはずだろうに、なぜ――。

そこまで考えて、澪ははっとした。

(奉行所役人には用意できるはずもない金額——)

それを、相手は、要求してきた。

どうしてか。

判りきっている。

藤馬の近くに、鴻池一族の者がいるからだ。巨万の富を持つ豪商がいるからだ。

(そして)

だからこそ、藤馬は、ここで、澪を待っていたのだ。

「藤馬さま」

澪は、藤馬を正面から見上げた。

「判りました。叔父さんにお願いしてみます。叔父さんの力やったら、千両や二千両、きっとなんとかなる。それで、志津さんを助けだしましょう」

「澪」

藤馬の顔に、何とも言えない表情が浮かんだ。

武士であり、奉行所の役人でもありながら、女を助けるために、豪商に金の無心に来る——それがどれほど抵抗のある選択だったか、想像に難くない。

それでも、藤馬は来た。

(それだけ藤馬様は、お志津さんのことを——)

澪は、もう一度、藤馬を見つめた。

希楽は、目を丸くし、冗談も休み休み言えと言った。

当然の反応だ、と澪は思った。

帰りの遅い姪を案じていたら、関わるなと言い置いていた奉行所同心と連れだって現れ、とんでもないことを言い出したのだ。本気に聞けるわけがない。

だが、澪も、引くわけにはいかなかった。

「五千両、全部とは言いません。せめて千両、五百両——」

とりあえず、相手の気を引けるだけの金——それを用意してほしいと澪はたたみかけた。

藤馬とて、奉行所同心だ。懇意にしている手先衆もいる。大がかりに捕り手を出すことが無理でも、志津がどこにいるかが判れば、取り戻すために手のうちようもある。

まずは、相手を交渉の場に引き出せればいいのだ。

「叔父さん、お願い——」

澪は、希楽の前に手をついた。澪の後ろには、藤馬がいる。

千両——鴻池の隠居である希楽に、動かせない金ではない。旧友の息子が困っているのだ。そのくらい何とかする——そう言って欲しかった。

「そやけど」

希楽は、苦笑した。

「今聞いたことが本当やとしたら、仮にも奉行所の役人が、拐《かどわか》しにおとなしゅう金を払う、ちゅうことになる。そないな阿呆な話、あらへんで」

「払うわけと違うんや。ただ、向こうを安心させるために」

「ほなら捨て金か。捨て金で千両て、そらいくらなんでも豪儀な」

「叔父さん」

澪は焦《じ》れた。

希楽が本気にしていないのが判る。

「叔父さん、真面目に聞いて。ひとの命がかかってるんや」

澪は泣きそうになった。

(叔父さんかて関係のない話と違うのに――)

藤馬が後ろにいるのも忘れ、何度も、そんな言葉が喉から出そうになった。

そもそも、相手が法外な金をふっかけてくるのも、鴻池への恨みがあってこそ――希楽との因縁があってこそ、なのだ。

希楽にそれを知らないとは言わせない。

この期《ご》に及んで、ごまかせる話ではあるまい。

「――希楽殿」

黙って二人のやりとりを聞いていた藤馬が、口を開いた。

「では、どうあっても、力になってはいただけない――と」

「冗談としか思われへんさかいな」

のんびりと、希楽は言った。

「まあ、たとえ冗談でも、お役人の命令やて言われたら、儂ら町人には、どないしようもないけども」

藤馬が唇をかんだ。

「藤馬様」

澪は慌てた。

ここはいったん藤馬に座をはずしてもらい、希楽と二人になって、洗いざらい、すべて話し合おう。そうすれば、きっと希楽を説得できる。

藤馬に、それを告げようと思った。

だが、振り返って見た藤馬は、挑むような目をして、口を開いた。

「判りました。代わりに――取引をしませんか、希楽殿」

「取引？」

「ええ、取引です」

藤馬は希楽を正面からにらみつけて言った。

「秘密を――あなたの秘密を五千両で買っていただきたい。八年前にあなたが抜け荷に手を貸していたことを、おれは知っている」

え——と澪は息を飲んだ。

「奉行所の者はまだ気づいてはいない。知っているのはおれだけです。希楽殿は何も知らなかっただろうが、父は、八年前に気づいていたのです。あなたが扇屋と手を組み、加賀藩の蔵屋敷で、異国渡りの薬種を抜け商いしていたことを」

「——」

「父は悩んだ。友人であるあなたに縄をかけたくない。だが、抜け荷を見逃すわけにはいかない。あなたが早々に抜け荷から手を引き、隠居したことを、誰より喜んだのは父だったはずだ。父はその後もずっと、あなたのことは気にかけていた。死ぬ間際におれにすべてを話したのも、そのためだ。あなたが再び道を誤らぬよう、自分があえて罪を見逃した意味を判ってくれるよう、父はずっと祈っていた。だが、今のあなたは、何もかも忘れたふりですませようとしてる。自分の甥《おい》が殺されかけても知らぬふりだ。おれはそんなことは許さない。あなたが逃げるというのなら、おれは何もかも表沙汰にする。そうすれば、あなたは身の破滅だ。いや、あなただけじゃない。鴻池一族の破滅だ。それでもいいのですか」

（藤馬様）

耳をふさいでしまいたい——と澪は思った。

藤馬が、希楽を脅す言葉を口にしている。

「……やれやれ」

しばしの沈黙の後、希楽が言った。

「阿呆なことを。たかが奉行所同心ひとりに、鴻池が滅ぼせるとお思いか」

「希楽殿」

藤馬の膝の上で、握られた拳が白くなった。

「それがあなたの答か。あなたは結局、そういう男なのか。父のことも、そんな風にしか見ていなかったのか」

「そういうも何も――儂は儂や、昔から」

「あんたというひとは……」

藤馬が腰を上げた。本気で怒ったのだ。それが澪にも判った。

「やめて」

澪は泣き声をあげた。

「やめて。藤馬様も叔父さんも。――判りました。お金はうちが何とかします。うちも鴻池の娘や。そのくらいのことはできる。お志津さんを助けるためのお金を惜しいとは思いません。千両でも二千両でも作ってみせる。その代わり、藤馬様――二度とここには来んとってください。二度と、お会いできません」

「澪」

何を言い出すのか、と藤馬が目を見張った。

澪は藤馬を見返した。

藤馬に会えなくなったら、毎日、どんなにかつまらないだろう。どんなにか、寂しいだろう。でも、澪には、譲れないものがあった。

「うちは——うちは鴻池の娘です」

「……こんなところに来なければよかった」

長い沈黙のあと、藤馬がつぶやいた。

「父がよく言っていた。所詮、役人は役人。どれほど親しんだつもりでいても、町の者の本心は判らない、と。でも、おれは、そうは思いたくなかった。澪のことも……」

藤馬は、そこで言葉を切った。

ゆっくりと立ち上がった。

「二度とここには来ない」

去っていくその姿から、澪は目を背けた。

もう終わりだ、と思った。

「……藤馬」

希楽が口を開いた。

「待て。藤馬——」

希楽は腰を上げ、藤馬の腕をつかんだ。

「短気やな、お前さん。本当に藤治郎そっくりや」

「父の名を口に出すな」

藤馬が険しい顔で振り返った。

「もうあなたを、父の友人とは思わない」

「そやけど、儂らは友人やった。お前さんがどう思おうと」

「――」

「倅なんかに、儂と藤治郎のことは、何も判らん」

藤治郎の名を口にする希楽の顔には、微笑が浮かんでいた。

「なあ、藤馬。――藤治郎がすべて気づいてたこと、儂は知ってた。儂が知っていることを、藤治郎も判ってたんやで」

「だが父は、そんな風には……」

「互いにすべて判ってたから、儂らは、生きてるうちは、会われへんかった」

希楽の声は、静かだった。

「会うてしもたら、元通りではいられん。罪人と、それを見逃した役人。対等な関係ではいられん。そやさかい、藤治郎は儂から離れた。儂にはその気持ちは、痛いほど判ってた」

遠い昔の話みたいな気がするわ、と希楽は薄く笑った。

「儂は、あの頃、一族に嫌気がさしてた。武芸道楽ひとつにも、本家の許しがいる。分家の主やていうたところで、本家には頭があがらん。がんじがらめ。うんざりやった」

そんな頃、抜け荷商いの話が転がり込んできた。

唐物問屋株を買って抜け商いを始めたい、店を出すための金を出してくれる者を捜している。荷の取引に関するすべては扇屋が手配する。出資してくれれば、利益は分ける。一口、乗る気はないか――昔なじみの酒屋の倅が、そう声をかけてきた。

「後ろにはお大名がついてるさかい安心や、とも言われた」

「それで、叔父さんは――」

「そうや。手を貸した。面白い商いやと思ってな。けども――一年もたたんうちに、本家にばれた。それで、儂の商人としての人生は終わった。……そう思ってた」

それやのに、と希楽は初めて、表情を曇らせた。

「そんな昔のことが、今になって頭もたげてくるとはな」

鴻池が手を引いた直後、大塩騒動が町を揺るがせ、加賀藩も商いから手を引いた。取り残された扇屋は、当然、つぶれたはずだった。

後ろ盾を失い、金主を失い――抜け荷だけで商いを成り立たせていた新興の問屋に、生き残るすべはないはずだった。――まっとうな手段では。

「儂らが扱ってた荷は、せいぜい、異国の薬種や蘭学の書。そやけど、その後に扇屋が生き残るために手を出したのは、もっと厄介な荷。阿片でも、火薬でも、儲けの大きいものは何でも扱うようになった。阿呆な商いはよせ――そう言うてやりたかった。けど、でけんかった。もう、儂の声はあいつには届かんかった。儂は、鴻池の名を捨てきれんかった瞬間に、友達を一人なくしてしもたんや。それきり、あいつとは、縁が切れてしもた」

「――」

「ところが、その扇屋が、去年、突然、澪を嫁に欲しいて言うてきた」

含むところがあるのだとは、すぐに判った。

「もう一度、金を出せ――そう言いたいんやと察しはついた。儂は――正直に言えば、もう一度手を組んでもええと思た。扇屋が昔の扇屋に戻ってくれるんやったら、それでもええ、鴻池の名も捨て、一族も離れ、ひとりの商売人として、もう一度、組んでもええ、て。けども、扇屋が望んだのはそんなことと違った。あいつが欲しかったのは鴻池の名前と力。それだけは、儂にはできん」

できるわけがない、と希楽は自嘲した。

「儂は昔、友人より一族を選んだ男や。今さら、一族を危険な目に、遭わせられるわけがない。儂は所詮、その程度の男なんや」

「叔父さん」

「それに――藤治郎との約束を、儂は思い出した。儂は藤治郎の墓の前で、もう二度と御法度の商いはせんと誓ったんや。それを曲げることはできん。儂は扇屋の申し出を断った」

その後、善次郎が毒を盛られ、今橋には菊池兵吾が加賀藩の名をちらつかせて脅しにやってきた。

藤馬、と、希楽は、旧友の倅を見やった。

「儂は、何があっても、今の扇屋に金は出さん。それが儂のけじめ、藤治郎への礼や。そやさかい、金はお前さんに渡す。その金を、お前さんがどう使うか、それは勝手や。お前さんの好きにしたらええ。きっと、藤治郎は許してくれるやろ」

藤馬は口をつぐんで希楽を見下ろした。

やがて、かすれるような声で、すみません、と言った。

第五章　最後の薬

一

翌朝、とりあえずは五百両の金を手に、藤馬は和泉町の屋敷を出た。

奉行所同心に定められた羽織姿ではなかった。

紺地の着流しを着て、どこぞの蔵役人が町歩きをしている——といった形だ。

澪は無言でそれを見た。

昨夜、いったん板橋町の屋敷に帰った藤馬は、相手の要求通り、志津が長崎から取り寄せた薬をとってきた。

明け方に再度、屋敷に投げ込まれた文には、伏見町の鈴屋という旅籠《はたご》に使いの者がいるとあった。

奉行所同心相手には、あまりに大胆なやり方ともいえた。藤馬が奉行所の捕り方を動かせば、その場で捕らえられることもあり得るのだ。

だが、奉行所は動かない、と、相手はたかをくくっている。

菊池兵吾の顔を、澪は思い出した。

加賀藩士と偉そうに名乗りをあげて、今橋の屋敷に脅しにやってきた男――あいつは今もきっと、このなりゆきをどこかで、せせら笑いながら見ているに違いない。

澪はふいに、たまらない怒りを覚えた。

隠居屋敷の門を出ていく藤馬を見送っていたが、衝動に駆られ、草履をつっかけて、その背をおいかけた。

「どうした、澪」

藤馬が堅い顔を澪に向けた。

「うちも一緒に行く」

澪は言った。

「かまへんやろ。そのお金は鴻池のお金。うちが見張りにいきます」

「まさか。そんな危ないことをさせられるわけがない」

藤馬は慌てて振り返り、門の奥でこちらを見ている希楽に、目で訴えた。

希楽は苦笑した。

「ま、連れてったり」

「希楽殿……」

「そのほうが、ええかもしらん。取引の相手は扇屋――澪を後添いにて言うてきてる家や。澪に無茶はせんやろ。藤馬ひとりで行くより、安全かもしらん」

「しかし」

「澪」

藤馬には応えず、希楽は姪を呼んだ。

「たった五百両でも鴻池一族の金や。無駄に捨てる筋はない。きっちり取引して来い」

「はい」

澪はうなずいた。

希楽が笑みを浮かべているのが、嬉しかった。

やはり、希楽は希楽だ、と思った。

骨の髄まで鴻池の男で、それでいて、どこか不思議でとらえどころのない男。それらすべてを含めて、澪はこの叔父が大好きだったのだ。

「――たくましいな」

一歩先を歩き出した澪に追いつくと、藤馬は呆れるように言った。

「澪も、希楽殿も、うらやましいほど、たくましい」

「そやないと、この町で両替商なんかできません」

「ああ。さすがに大坂一の長者の一族だと感心している」

「でも、そんな一族からお金を借りて惚《ほ》れた女を助けにいく藤馬様も、さすがに大坂のお役人やわ」

ちくりと棘でさすような言葉に、藤馬が澪を見た。

「藤馬様、お志津さんのことが好きなんや。違いますか？」

藤馬は目を丸くした。どぎまぎと驚いている顔が、やっぱり好きだと澪は思った。

自分は目の前の男が大好きだった。

たとえ、その男が、誰を好きでも。

「――不思議な女だな、澪は」

藤馬が、目を丸くしたままで言った。

「ずっと前からそう思っていた」

それは喜ぶべき言葉なのだろうか。

問い返したかったが、澪は言葉を飲み込み、にっこりと笑って応えた。

「おおきに。褒められたと思ときます」


伏見町の宿は、つくりは旅籠だが、男女の二人連れに部屋を貸すような――あるいは、一人で泊まりに来た客に飯盛女をあてがうような、あまりまっとうでない類の宿だった。

下手な三味線の音も、内から聞こえてくる。

藤馬は顔をしかめた後、ちらりと澪を見た。

こんな店に澪を連れて入るのは気が引ける――そう言いたいのだろう。

だが、引き返す気は、澪にはなかった。

促すようにうなずくと、藤馬も覚悟を決めたようで、暖簾をくぐった。

店の者に名を告げると、奥から青白い顔の男が呼ばれて出てきた。

男は彦三と名乗った。

「西町の桐谷様でございますな。お約束の品は」

「持参した。そちらも、約束のものを渡してもらおうか」

「判りました。では、こちらへ」

お話は奥でゆっくり、と彦三は廊下を先にたって歩きだした。

「そちらのお嬢さんは」

歩きながら、藤馬の後ろに立つ澪に目を向け、彦三が問うた。

「おれは町同心だ。何千両もの金は出せない。知り合いに無心をした。その店のお嬢さんだ」

「なるほど」

彦三の視線が澪の顔を見ている。

鴻池の娘だと気づいたのだろうか。

どちらでも構わない、と思った。問われたら、名乗るつもりだった。

通されたのは、二間続きの離れ座敷だった。襖《ふすま》で区切られた向こうの部屋は、おそらく、泊まり客が女でも呼んで楽しむ場所なのだろう。

（お志津さんは、もしかして、この向こうに）

澪が考えたのと同じことを、藤馬も考えているようだった。しきりに、襖の向こうを気にしている。

「では、品を見せていただきましょうか」

彦三が催促した。

藤馬が手にした巾着を渡した。

中には、薬と、そして、希楽が持たせてくれた金が入っている。

金属のぶつかる音に、彦三はにやりとした。が、中身を確かめたあと、顔をあげたときには、不機嫌な表情になっていた。

「足りませんな」

「五千両もの金を、持ってこられると思っていたわけじゃないだろう。そんな金、一人の手で運べるものでもない」

「ほんでも、手はありまっしゃろ。手形を切るとか、証文を書くとか」

彦三の目が澪に向けられた。

「鴻池のお嬢さんやったらご存じのはずや」

やはり、判っていたのだ。

それなら、もう黙っている必要はない。

澪は彦三の前に膝をすすめ、言った。

「ほなら言わせてもらいますけど。取引の品も確かめずにお金をお渡しするような商い、うちの店ではできません。かつて鴻池と取引もあった扇屋さんが、知らんはずありませんやろ」

彦三の表情が動くのが判った。

澪は黙って、相手の出方を待った。

「なるほど。相変わらず、慎重な商売をしておいでや」

彦三は笑った。

「そのおかげで、あたしらみたいな小さな店は、いつも振り回されてきました。新十郎はんはお元気ですか。うちの主人も、いつも言うてますわ。新十郎さんとは、あれほど、仲良うさせてもろてたのに、時流が変わると、はかないもんや――て」

「ご託を聞いている暇はない。志津はどこだ。志津を返してもらおう」

藤馬がしびれを切らし声を荒らげた。

「判りました」

彦三が言い、立ち上がって、隣室の襖を開いた。

調度品も何もないがらんとした部屋の奥に、女が一人、ぐったりと横たわっているのが見えた。志津だ。

両手首を縛られ、意識がないのか、顔をあげようともしない。ほつれた髪が顔にかかり、目が開いているのかどうかも判らない。

藤馬は志津にかけよろうとし、足を止めた。

襖の影から、遮るように人影が現れたのだ。

人相のよくない大柄な男が二人。

見覚えのある顔だった。菊池兵吾の仲間だ。

菊池の姿はない。

「志津」

男たちをにらみながら、藤馬が呼んだ。

返事はない。

嫌な予感にかられ、澪も立ち上がった。藤馬の後ろから隣室をのぞき込み、そして、息をのんだ。

お志津の顔に斑点が浮かんでいる。

「お志津さんに、あの毒を」

悲鳴のような声になった。

「あんたがたの持ってきた薬が本物かどうか確かめるためには、病人に飲ませてみなければなりませんからな」

藤馬が何かを叫んだ。

同時に、彦三につかみかかって薬を取り戻そうとしたが、目の前の男に妨げられた。

「なるほど、この薬は本物らしい」

彦三は、にやりと笑った。

そのまま、薬と金を持って部屋を出ていく。

「待て——放せ！」

藤馬が男たちを振り払おうとした。

が、さすがに二人がかりでは、簡単にはいかない。

澪は身を翻し、代わりに彦三を追った。

逃がすわけにいかない。

金はいい。でも、薬は取り返さなくては。志津の命がかかっているのだ。

彦三は、まさか澪が追ってくるとは思っていなかったようだ。

濡れ縁の途中で背中から澪がしがみつくと、

「放さんか」

慌てた声で、振り飛ばそうともがいた。

「薬を——薬を返して」

澪は巾着に手を延ばした。

幾度か引っ張りあい——ついに、彦三が手を放した。

その瞬間、澪はもんどりうって倒れ、その隙に、彦三は金を持って逃げだした。

（だけど、薬は）

澪の手の中に残った。これでいい。金はどうなろうと。これを持って、志津のところにいかなければ。

──瞬間。誰かが庭から濡れ縁に立った気配がした。

はっとなって見れば、そこに、孝助がいた。腰には、刀がある。

なぜ、ここにいるのか判らない。

だが、助けに来てくれたのだと思った。今までにも、澪を助けてくれた男なのだから。

孝助は、澪の腕を乱暴につかんだ。

「痛──」

悲鳴をあげる澪にかまわず、その手から、薬をもぎとった。

「何すんの、返して。やめて──」

「澪──」

藤馬の声が聞こえた。

ようやく、男たちを振り払ったらしい。

抜き身の刀を手にしている。

「貴様、やはりやつらの一味か」

現れた藤馬が、孝助を怒鳴った。

躊躇《ちゅうちょ》無く、斬りつけようとした。

澪は目を背けた。

孝助が斬られると思ったのだ。

だが、孝助は薬を投げ捨て、その刀を両手のひらでうけたのだ。

あの白刃取りだ。

「――」

藤馬が瞠目する。

「――悪く思うな」

孝助がつぶやき、刀を手で脇に払った。

藤馬がよろめき、刀から手が放れる。

やめて、と澪は叫んだ。

刀をとられた藤馬が、次いで脇差に手をかけた。

「しつこい」

孝助が苛立たしげに言った。

次の瞬間、孝助が刀を抜いた。

血しぶきが飛んだ。

澪は悲鳴をあげた。

「――藤馬様！」

藤馬が、斬られた――。

孝助が薬を持ったまま逃げていくのが見えた。

澪には、何がなんだか判らなかった。目の前に藤馬が倒れている。

悲鳴を聞きつけて、宿の者がかけてきた気配がある。

澪は半狂乱で藤馬の名を叫んだ。

どのくらい、そうしていたのだろう。

「澪――しっかりせえ！」

肩をつかんで揺さぶられた。

見上げると、希楽がいた。

「叔父さん――なんで」

澪はうつろな声のままで言った。

「藤馬の手先衆と、加勢に来たんや。しっかりせえ」

「手先……加勢？」

澪は、我に返り、あたりを見回した。――こんなところに奉行所の手先に踏み込ませてよかったのだろうか。事件が表沙汰になったら、鴻池の名前にも関わるのに。

こんなときにも、そう考えてしまう自分が哀しかった。

「志津を早く、屋敷に運んでくれ。屋敷には薬がまだある――」

藤馬の声だった。

苦しげな声で、なお、志津のことを心配している。

もう、孝助も、彦三も、あたりには見えない。

澪は気を失った。

二

澪が意識を取り戻したのは、和泉町の屋敷に連れ戻されたあとのことだった。

枕元にはなじんだ顔の女中がいて、澪が目を覚ますと、大げさに涙ぐんで安堵した。

宿で刃傷沙汰になったのは昼すぎ。

気を失ったまま、澪は一日近く眠っていたのだ。

すでに、日は高くあがっていた。

気を失った澪が駕籠で担ぎ込まれたとき、着物も帯も藤馬の返り血で汚れていた。

女中はそれを見て、卒倒しそうになったのだという。

「堪忍。心配かけて」

澪は床の上に半身をおこしながら、素直に謝った。

「それで、叔父さんは？」

「すぐにお呼びします」

慌ただしく廊下を渡っていく女中の足音を聞きながら、澪は混乱している記憶をたどった。

「目ぇ醒めたか」

やがて、希楽が顔をだした。

「叔父さん――疲れた顔してる」

「阿呆か。自分の顔見てから言え」

「藤馬様の怪我は……」

「かすり傷や。あのあと、自分で、手先の差配もしとった」

「そう」

澪は大きく息をついた。

だが、それで安心するわけにはいかなかった。

「叔父さん」

澪は、枕元に腰を下ろした希楽を見つめた。

「それで――志津さんは？」


板橋町の桐谷家屋敷まで、澪は息切れするほどに急いだ。

つきそいの女中が、もう少しゆっくり歩いてくれと何度も頼んだほどだ。

だが、澪は歩調を緩めなかった。

志津の体に入ったあの毒は、どうなったのだろう。

希楽に聞いても判らなかった。

希楽はあのあと、澪だけを、屋敷に連れ帰ったのだ。

藤馬が志津をどうしたのかは知らないと言った。

一緒に藤馬の屋敷に確かめに行かないか——澪はそう頼んだが、希楽は首を振った。

「今の儂には、役人の屋敷に行くのはきつい」

「叔父さん」

「本当言うと、儂は役人は苦手なんや——あの頃からな」

冗談めかした口調だった。

とぼけた表情も、今までと何も変わらないものだった。

だが、ことここに至っては、冗談ではすまないはずだった。

抜け荷のすべてが表沙汰になってしまったら——それは、希楽一人の問題ですむことではない。

抜け荷の罪は、重い。

今橋の父。兄。うまの合わない義姉。別家の倅でもある一蔵。今橋にも、和泉町にも、他の分家や別家にも、数え切れないほどにいる身内や奉公人……。

きっと、皆、無関係ではいられなくなる。

澪を藤馬の屋敷に急がせたものは、志津を案じる気持ちだけではなかったかもしれない。

(藤馬様は——お役所は、叔父さんの昔の罪を、暴いてしまうんやろか……)

桐谷家の門の内は、いつもとはまるで違っていた。

藤馬と母親の二人暮らしの家は、いつも、明るく、落ち着いていた。

だが、今、屋敷のなかはざわついて、乱れた気配がある。

訪いを入れると、姿を見せたのは、澪も何度か会ったことのある手先衆だった。

「あ、ええと、鴻池はんとこの……」

「澪と申します。藤馬様は？」

「それが」

手先は顔を曇らせ、澪をそのまま、奥座敷まで通してくれた。

藤馬は蒼白な顔で、志津の枕元についていた。

志津の顔には真っ赤な斑点が浮かび、高熱にうなされているのが一目で判った。

「志津さん、薬は……」

澪は小声でつぶやいた。

その声に応えたのは、部屋のなかにいた、藤馬の母、登和だった。

「志津さん、薬を飲んでくれないの」

登和は途方に暮れていた。

「次の薬がいつ手に入るか判らないのに、患者さんより先に飲むわけにいかないと。意地を張ってる場合ではないのに」

泣きそうな顔をしている。

そんな会話が聞こえているはずなのに、部屋のなかの藤馬は振り向きもしなかった。

自分の怪我もかまわず、ただ、志津だけを見つめている。

（藤馬様）

「お嬢さん、わざわざお見舞いにきてくださってありがとう。どうぞ、奥へいらして」

登和は気を取り直し、澪を促した。

「奉行所のみなさんも、昨日から、交代で来てくださって」

お茶でも入れますから、と声はいつも通りだったが、部屋を出ていく足取りには、さすがに疲れが見えた。

世話好きで働き者の登和だが、昨日の一件がこたえていない筈がない。

それでも、藤馬の屋敷には、女手は登和以外にない。志津の看病、見舞いにきた客の応対、すべて登和がひとりでこなしているのだ。

澪は、供に連れてきた女中に、しばらく登和の手伝いをするように命じた。それから、自分も何か手伝おう、と思い直し、女中に続いて部屋を出る。

そこで、手先衆の会話が耳に入ってきた。

「喜多村様はいつお見えなんやろ」

「宿の方は寛太が始末つけてるはずなんやけど――桐谷の旦那が斬られて、そらもう、喜多村様もお怒りで」

喜多村というのが、藤馬と同じ西町奉行所の同心であることを、澪は知っていた。藤馬の話に何度か聞いたことがある。藤馬よりいくつか年上で、何かと可愛がってもらっている腕利きの吟味役だとも。

（お役人が動き出す——）

否応なく、事件は大事になる。

権力者が、鴻池のような豪商を目の上のこぶと扱っていることは、澪だとて判っている。そんな連中が、この機を逃さず、喜々として一族に襲いかかってくるであろうことも。

豪商がいなければ立ちゆかないくせに、その豪商を目障りだという。権力者はわがままなものなのだ。

澪は唇をかんだ。

「——志津」

部屋の中からは、藤馬の声が聞こえてくる。

悲痛な声だ。

（志津さん、死んでしまうんやろか——）

そうなったら、何もかも終わりだという気がした。

澪は、新地を二人で歩いたときのことを思い出した。姉を殺した犯人を許さない、と語っていた志津。長崎からはるばる大坂にやってきて、幸せになれるはずだったのに。

志津は助からなければならなかった。

一人分しか残っていない薬を自分で飲むわけにはいかない——そんな心の優しい女が、死んでいいはずがない。

（薬は、ある）

昨日、孝助が奪っていった分だ。

あれを返してもらえばいい。そうすれば、志津は助かる。

孝助に会いに行こう。

そして、助けてもらおう。

澪は、夢中で桐谷屋敷を飛び出した。

女中にも告げずに一人で出てきてしまったことに気づいたのは、淀川を渡った後のことだった。

三

孝助の住まいは順慶町だと聞いていた。

本人は、それを嘘だと言ったが、澪は信じていた。

きっと、孝助はいる。

順慶町の界隈《かいわい》は、すでに夜店が出ていた。

摺りもの売りの孝助という名前だけを手がかりに、澪は、花売りや小間物売りを順繰りに訊ねてまわった。

木崎屋という呉服屋の借家にいたはずだ——そう教えてくれたのは、三軒目の花売りだった。お礼に花束のひとつも買いたいと澪は思ったが、財布は女中に持たせたきりだ。

おおきに、と礼だけ言って、澪は教えられた棟割り長屋に向かった。

孝助の名を告げると、長屋の入り口にいた女は、愛想良く、いちばん奥だと教えてくれた。

身なりのいい娘が一人で訪ねてきたことに、何か訊ねたそうな顔はしていたが、言葉にはせず、どちらかというと好意のまざった好奇の視線を投げてよこした。

孝助が近所で嫌われていないようだとは、その態度で判った。

澪は顔を強ばらせ、腰高障子の前に立った。

孝助に会えたら、何を言えばいいのだろう。

勢いでやってきてはみた。

だが、相手は、昨日、あの藤馬に斬りつけた男だ。一人で訪ねてきて大丈夫だったのだろうか。

障子は、わずかに開いているが、なかには灯《あか》りが点《とも》っていない。

留守だろうか、とためらっていると、気配があり、戸の隙間から二つの光る目が現れた。

あの黒猫だった。

「お留守番？」

澪はかがみこみ、猫を抱き上げようとした。

「——誰や」

低い声がしたのは、そのときだった。

澪はびくりとした。

予想していた男の声ではある。

だが、恐ろしく低い声だった。

とっさに言葉が出てこない。

にゃあ、と猫が啼いた。

澪はひとつ深呼吸をした。

「鴻池の澪です。孝助さんにお話があるんやけど」

返事はなかった。

代わりに、ゆっくりと障子が開いた。

「後家小町が何の用や」

孝助は短く言い、澪は顔をしかめた。

酒の匂いがあたりに満ちているのが判った。

「……酔っぱらってんの」

「いいや」

「でも、お酒の匂いが――」

「何の用や。用があって来たんやろ」

孝助は、障子を開けたままで内に戻り、上がり框《かまち》に腰をかけた。

暗がりの中から澪を見ている。

「あの薬、返して」

澪は言った。

「薬？――兄貴に飲ませるんか」

「それもあるけど、昨日の娘さんが死んでしまう」

「そうか」

孝助は興味のなさそうな声を出した。

「うちは、孝助さんは味方やと思てたのに」

「それは思いこみや」

孝助は笑った。

「おれに鴻池の味方をする義理はない。言うたはずや。鴻池を恨んでいる者は多い」

「自分のことやったん？」

孝助は応えなかった。

「そやけど、志津さんは、鴻池とは関係あらへん。志津さんのお姉さん、天満屋の旦那さんと一緒に、あの毒で殺されてしもたんや。その仇をとろうとしてはっただけ」

喋っている内に、涙声になった。

「お願い。志津さんを助けて。藤馬様も必死なんや。お願いやから」

「藤馬――あの町方同心か」

孝助は、ちらりと澪を見た。

「あの女の恋人なのか」

「知らんけど——藤馬様は志津さんのこと好きなんや。そやから……」

「その藤馬様のために、お嬢さんがわざわざ来た、ていうわけか。お人好しやな」

孝助は独り言のように言った。

「そやけど、もう薬はここにはあらへん。みんな、扇屋に渡した」

「扇屋に？　なんで」

「美咲は扇屋の娘。今もそこに、菊池兵吾とともにいる」

孝助は酒をあおった。

「許婚《いいなずけ》だったおれが姿を消してから、ずっと、美咲は扇屋で菊池と暮らしていた」

孝助の言葉が、いつのまにか武家言葉になっていた。大坂の町の男ではない。

「それで——孝助さんは菊池兵吾を恨んではる？」

「恨む？　恨む筋はなかろう。美咲を捨てて町を逃げ出したのはおれだ。菊池を恨む筋合いもない。美咲を助けてやってくれとそいつに薬を託すくらいしか、今のおれに出来ることはない」

「ほならもう——薬は本当に、ここにはあらへんのや」

扇屋は、決して、薬を返しはしないだろう。

（志津さんも、兄さんも、死んでしまう——）

——いや、違う。

助からないのは、志津か善次郎か、どちらかだ。

藤馬の屋敷に、一人分の薬は残されている。

（でも……）

どちらにも生きて欲しいのだ。

「菊池は――昔はあんな奴じゃなかった」

孝助が嗤うように言った。

「連中の中で、おれが知っているのは菊池くらいだが――あいつは、人を平気で殺せる男じゃなかった。同じ藩の武士として恥ずかしくない人間だった」

「恥ずかしくない――抜け荷をやっていたのに？」

澪の声が尖った。

「抜け荷は御法度や。それを判ってはったんやろ。そもそも、こんなことになったのも、孝助さんや叔父さんが、昔、そんな悪事に手を貸してたからや。その報いがこんなふうに……」

「そうはいうけどな、お嬢さん。抜け荷がそれほど悪いことか。報いを受けなならんほどに」

孝助の顔に、かすかに表情が戻ってきた。

「公儀が禁じた蘭学の書がひとの命を救うこともある。抜け荷の薬が誰かの病を治すこともある」

「でも、それは間違った商いや。そやから……父さんも、叔父さんを止めたんや」

「けども、公儀が禁じたものでも、必要なときがある。おれたちは、何も自分の儲けだけを考えて動いていたわけと違う。あの頃の公儀はおかしかった。異国のものはなんでも切《きり》支《し》丹《たん》と決めつけ、薬や書物もことごとく焼き捨てた。何もかも禁じられた。そんななかで、奉行所役人さえ出入りのできない大藩の蔵屋敷と、天下の両替商——それだけの後ろ盾を得ての抜け荷だったからこそ、救えた命がいくつもあった。おれは今でも、間違った商いだったとは思っていない」

「そんな——こと……」

そんなふうに考えたことは、一度もなかった。

(御法度の抜け荷も、正しいときがある、て……)

「ふん。盗人《ぬすっと》にも三分の理——か?」

ふいに、障子の向こうから声がした。

澪はびくりとして振り向いた。

孝助も目をあげた。

人影が動き、現れたのは、藤馬だった。

「藤馬様——なんで」

「澪が一人で消えたと女中が騒いでいたんだ。慌てて捜して後を追いかけたら——まさか、こんな男のところにたどりつくとはな。これで、昨日の仇がとれる」

目に冷えた光があった。

澪は息をのんだ。藤馬のそんな表情は見たことがない。

――いや、違う。昨日も見た。志津が毒を飲まされたと知ったとき、藤馬はそんな目をしていた。

「やめて」

澪は藤馬に言った。

「やめてください――」

だが、無駄だった。

藤馬は澪を突き飛ばし、孝助に飛びかかった。

不意をつかれ、孝助はそのまま座敷に倒れ込んだ。

藤馬の袖をとってねじり上げようとするが、さすがに藤馬も柔術は心得ている。すばやくかわし、そのまま孝助の上に馬乗りになると、両手で首をしめあげた。昨日の怪我など忘れたかのような動きだった。

「…………」

声にならないうめきが孝助の喉からもれる。上に覆い被《かぶ》さられると、細身の孝助には、はねのける術がない。

「やめて！」

澪は泣き声をあげて藤馬の腕にしがみついた。

「やめて、死んでしまう」

だが藤馬は聞かない。腕に力が入り、孝助の顔色が変わる。

「藤馬様、お願い――」

澪は藤馬にしがみついたまま、悲鳴をあげた。

自分に力がないことが、これほど悔しかったことはなかった。

孝助の手が、床に転がっていた徳利を掴み、藤馬の肩に思い切り叩きつけた。

藤馬が低く呻き、その隙に孝助は身をかわす。

すかさず、澪は二人の間に割って入った。

「藤馬様、やめて――やめてください」

「――なんで澪がこいつをかばう」

低く、喉を鳴らしながら、藤馬が言った。息が荒い。

「なんで――て」

なぜだろう。

自分でも判らなかった。

「命の恩人やし――悪い人やとは思えへん」

「おれを斬った男が、か」

「――そう」

藤馬が息をつくのが判った。

阿呆らしい――そうつぶやいたのは、孝助だった。

「なんでこんな目に遭わんならんのや」

締め上げられた首に、手の型がくっきりと残っている。それをさすりながら、こちらも荒い息をしている。

澪は、そんな孝助を見――藤馬を見た。

藤馬様、と澪は言った。

「うち、これから扇屋に行きます。薬、取り返してきます」

「何を馬鹿な――」

「扇屋は鴻池を恨んでる。そやから、うちが行って、話をしてきます。そうせんと、きっとこの事件は終わらへん。鴻池の者がいつまでも逃げ続けてても、あかんのです。それしか、すべてを終わらせる方法はあらへん。今、そう気づきました」

四

澪は、日の落ちかけた暗い町を、扇屋に向かって歩いた。

扇屋は松屋町――順慶町から、東横堀川に沿って、さらに南に下ったあたりに店を構えている。

「昔は、よう蔵屋敷と行ったり来たりしたもんや」

孝助が、灯りを手に、澪に付き添った。

孝助は着流しに、刀を差している。

町人やのに刀、と澪が言うと、

「武芸は道楽みたいなもんや。それに、稼ぎにもなる」

「稼ぎ？」

「用心棒稼業。おれが本当に摺りもの売りで暮らしてると思てたわけと違うやろ」

「思てたけど……」

「阿呆か。本当に世間知らずのお嬢さんやな」

「武芸好きやて、うちの叔父さんみたい」

澪は言った。

「叔父さんは武芸が好きで、それで、藤馬様のお父様とも知り合わはったんや」

後ろを振り返っても、藤馬の姿はなかった。

ついてこないでくれ、と澪が藤馬に頼んだのだ。先に屋敷に帰っていて欲しい、必ず、扇屋に会い、話をつけ、そして薬を取り戻すから、と。

それまで、藤馬には、屋敷で待っていて欲しかった。

藤馬が鴻池を罪に問うつもりだとしても——もう少しだけ、待っていて欲しかった。

希楽は、たぶん、覚悟を決めている。

だが、孝助は言った。

抜け荷は悪事ではない——と。

今まで、そんな風に考えたことはなかった。

(けど、叔父さんが、悪い商いをしてたんと違うなら)

なんとかして、希楽を助けたかった。

そのために出来ることは、これ以上、事件が大きくなる前に、扇屋の悪事を止めさせることだけだった。

「あんた、あのお役人に惚れてんのか」

孝助がからかうように言う。

さっきまでの自棄になった様子は、もうない。

「そう」

素直にうなずくと、孝助は驚いたように澪を見直した。

ふと思う。孝助はいくつくらいなのだろう。美咲という婚約者がいたといった。それが孝助が相手だと、照れずにそんなことも言えるのが不思議だった。

七年前のことだ。それから藩を出奔し、ずっと一人でいたのだろうか。

それほどに、美咲というひとのことを思っていたのだろうか。

「美咲さん——なんで毒なんか飲まされたん? 扇屋の娘さんやのに」

「自分で飲んだらしい。自分の父親や夫が殺しを重ねているのを知ってな。そんなことに堪えられるひとやなかった」

「――そう」

「扇屋の罪は、美咲とは関係がないのに」

「…………」

薬を扇屋に渡したあと、孝助は一人で長屋に帰り――浴びるほどに酒を飲んでいた。

孝助は今でも美咲を想っているのだ。

だが、病床にあるその人のそばに行くことはできず、藤馬に刃をふるってまで手に入れた薬は、恋敵ともいうべき、菊池兵吾の手を通してしか、愛する人に届けることはできない。

「おれが美咲の人生を狂わせた」

孝助は、遠くを見るような目で言った。

「おれには、藩のやり方が許せなかった。――だが、それ以上に、扇屋が許せなかった。藩に切り捨てられた扇屋は、かつての商いにかけた思いを忘れ、ただ利をむさぼるためだけに抜け荷を続ける道を選んだ。それが許せなかった。おれたちのやってきたことを、すべて汚された気がした。もう一緒に商いを続けることはできないと思った。だから、おれは扇屋を離れた。――美咲を置き去りにして」

「連れて行こうとは思わへんかった？」

「……あんたなら、できるか？　大店のお嬢さんが、藩も抜け、何もかもなくした浪人の男と、無一文で逃げられるか？」

「……」

できるはずがない、と孝助は言った。できるに違いない、とも思った。好きな男と一緒なら……。

澪は、応えられなかった。

「美咲には無理だ――おれはそう思った。だから一人で扇屋を去った。美咲はおれに捨てられたと思い、自分で自分の喉を突いた」

「え」

「――むろん、すぐに助けられた。女の細腕でやったこと、命に別状はなかった。だが、それきり美咲は声をなくし、喉にはひどい傷が残った。美咲は、扇屋から一歩も出ることができぬまま、菊池の妻になった。本当ならば、どんな美しい嫁御寮にでもなれたものを、用心棒くずれの浪人と娶《めあわ》せられて、可哀相に……」

澪は、かつて寺であったときの孝助を思いだした。美咲という名を聞いただけで、顔色が変わった孝助。

激しい後悔を、ずっと胸に刻んで生きてきたに違いなかった。

「……でも」

澪はゆっくりと言った。

「誰かのせいで人生が狂うなんて、本当にあるんやろか」

「……」

「うちは、あの大塩騒動で人生が狂った、てずっと思い続けてきた。でも、本当は、判ってた。そんな風に思てるから、いつまでも狂わされたまま。大塩なんかに人生狂わされるのはまっぴらや——そう思えるようにならんとあかんのと違うか、て」

「——大塩なんかに、か」

孝助は微笑した。

「たくましいな。さすがに鴻池のお嬢さん、言うことが違う」

「こないだ、藤馬さまにも、同じこと言われた。うちには、それしか、褒め言葉はないみたい」

「嫌か」

「——判らへん」

さすがに鴻池の娘だ、たくましい——そう言われて、誇ればいいのか、情けないと思えばいいのか。

判らないなら、誇るしかないような気がした。

「でも、うちだけが特別なわけと違う。大坂の娘は、きっと、みんな、そう」

澪は孝助を見返した。

「美咲さんかて、本当は、孝助さんが思てるよりずっと、たくましいひとかもしれへん。孝助さんがいなくなった後、菊池兵吾と、心の底から幸せに暮らしてはったかもしれへん。そやなかったら、菊池が人殺しをしてたて知っても、絶望なんかせえへんのと違いますか。信頼して、本気で好きやった男やからこそ、死んでしまいたいほど辛かったんや、きっと」

孝助は意表をつかれたような顔になった。

それきり黙り込んだ孝助の表情を、澪はそっとうかがった。

怒ったのだろうか。

孝助は、真顔で、ただじっと、遠くを見つめていた。


扇屋は、戸を閉ざそうとしていた。

番頭は、若い娘と町人の二人連れに、訝りの目を向けたが、鴻池の名を聞くと、二人を表に待たせたまま、すぐに奥に引っ込んだ。

扇屋の暖簾は、紺地の白抜きで屋号が染め抜かれている。

色が褪《あ》せ、布地は張りがなかった。

(古い、くたびれた暖簾)

鴻池の店ならば、そんなものは表にさらさない。

暖簾は店の顔。色が褪せていれば、商いもその程度かと思われる。大坂の店ならば、いずこも同じだ。

(扇屋の商いは……もう)

「お入りください」

番頭が再び姿を見せた。

「奥へどうぞ。主人がお話をしたいとのことです」

長い廊下が奥に続いていた。

澪は番頭について一歩ずつ歩きながら、いつまでもその廊下が続いているような錯覚にとらわれそうになった。

緊張しているのだ。

この奥にいるのは、兄に毒を盛り、志津の姉を殺し、志津自身にも毒を飲ませた、非道な男だ。

その男と、直《じか》に話をする——それが自分に、できるだろうか。

怯えずに、できるだろうか。

通された奥座敷には、床が延べられていた。

澪の姿を見、女中に支えられて半身を起こしたのは、半白髪の病人だった。

白い寝間着を着、頬はやせこけている。

枕元には、薬を飲むためか、水差しが置かれている。

目には、穏やかそうな光があった。

鴻池を恨み、商売仇や役人たちを次々に殺した商人には見えない。

五十歳と聞いていたが、ずっと年上に見えた。

澪は安堵の息をついた。

「扇屋宗太郎さんですか。うちをお嫁に欲しいて言わはった」

いかにも、と男はうなずいた。

「よう来てくれはりました、鴻池のお嬢さん。新十郎殿はどないしてはりますか。相変わらず、道楽三昧でっか」

「はい」

「それは羨《うらや》ましい」

扇屋は目を細めた。

「あたしも若いときは武芸に凝ってました。そやけど、商いの事情が苦しくなると、とてもそれどころや無《の》うなってしもた。昔は、浅見道場の三羽鳥といわれたもんや。あたしと、鴻池新十郎と、そして、町役人の桐谷藤治郎と」

そんな話を、以前に聞いたような気がした。

希楽――鴻池新十郎と、桐谷藤治郎――藤馬の父と、そして、もう一人。

三人は同じ道場で兄弟のように付き合っていた仲間だった、と。

目の前の男は、その、もう一人だったのだ。

（ほなら、藤馬さまのお父上と叔父さんが疎遠になったのも――）

二人だけの話ではなかったのだ。もう一人の仲間、扇屋宗太郎もそこに関わっていたからこそ、二人は悩み、苦しんだに違いない。

「あの頃は、楽しかった。奉行所の役人も、大店の跡取りも、気兼ねなく付き合うことができました。——新十郎が私を裏切るまでは」

「でも」

澪は声を絞り出した。

「そやからて、何人ものひとを殺すことが、正しいとは思えません」

「やとしたら、それはあんたが、今まで幸せに暮らしてきはったからと違いますか」

「……………」

「新十郎に裏切られ、加賀藩に捨てられてから、あたしはなんでもやりました。異国渡りの毒薬。武器、弾薬に阿片——どんな物騒な荷でも扱いました。おかげさんで、夜道で刺されそうになったことも一度や二度やない。そういう商いを続けてると、もう、ひとの命なんかどうだっていいような気になるもんですわ。お嬢さんには、判らんやろうけど」

判りたくもないと澪は思った。

人の命だけは、何があっても、守らなければならないもの——。

まあ、もっとも——と扇屋は話を続けた。

「そんな御方やから、ここに、たったひとりで乗り込んできはったんやろな。それがどういうことかも判らずに」

乾いた笑い声だった。

扇屋の目が、いつの間にか変化しているのに、澪はそこで気づいた。

邪《よこしま》な、蛇の目が澪を見ている。

「お嬢さんがどないなつもりか知らんけど、あたしと鴻池は敵同士。その敵の手の中に飛び込んできはったお嬢さんを、このまま放っておくとは思ってはらへんやろ」

自分は失敗したのだろうか――澪は青ざめた。

相手は人殺し――そうと判っていて、あえて飛び込んだ。

希楽の知り合いなら無茶はすまいと思った。

（そやけど）

唇が震え、思わず膝で後ずさった。

そのとき、後ろから、そっと肩に触れる気配があった。孝助だ――と思い出した瞬間、ふるえが止まるのを澪は感じた。

大丈夫だ――孝助がいる。

菊池兵吾や仲間たちをものともしなかった男が後ろにいる。きっと、助けてくれる。

「おや」

扇屋も、孝助の存在に、改めて気がついたように眉をあげた。

「あんさんは、ずっと昔にどこぞで見た顔やな。加賀のなんとかいうお侍に似てはるわ。うちの娘をたぶらかし、あげくに放って逃げた意気地なしの侍の顔に」

孝助が息をのむ気配がした。

考えてみれば、孝助は、加賀藩士だったころ、扇屋とともに商いをしていたのだ。当然、互いの顔は見知っている。

（そして――）

孝助が未だに思いを残している美咲は、扇屋の娘――。

「そういえば、昨日、うちの番頭の彦三も言うてましたな。昔、どっかで見たような顔の男が、ご親切にもうちの娘のために薬を取り返してくれた、て」

「――」

「そやけど、間に合わんかった」

「何」

孝助の声がうわずった。

「……まさか、美咲」

「あの子は死にました。苦しんで、苦しんで、あんたを恨む言葉も出せずに、死んでいきました」

呆然《ぼうぜん》と、孝助の目が見開かれた。

澪の顔も目に入っていないように見えた。

――瞬間。

孝助の後ろで、襖が開いた。

抜き身の刀を持った菊池が、孝助に斬りかかり――孝助は、間一髪でそれを躱《かわ》した。

――が、血しぶきが舞った。

「貴様」

孝助は、右腕を押さえた。立て膝で二の太刀《たち》に備えて身構えながら、指の間から血をにじませている。

「だまし打ちか。卑怯《ひきよう》な」

「卑怯なものか」

菊池兵吾が嗤った。

「あいつが死んだのは事実だ。美咲は薬を飲まずに死んだ」

「なんだと」

「お前に渡された薬など、おれが美咲に飲ませると思うのか」

「――――」

孝助が刀に手をかけた。

目に激しい怒りがあった。

菊池が一歩引き、刀を構えなおす。

「美咲は死んだ」

孝助の背に、扇屋が繰り返した。

「あんたが薬を届けてくれたときには、もう息を引き取った後やった。菊池殿はずっと美咲についていてくれた。こんな扇屋にも、まだそうやって、尽くしてくれるお人がある。ありがたいことや」

言いながら、扇屋は指を鳴らした。

廊下につながる襖が開いた。
人相の悪い男たちが、廊下に現れた。
四人——五人。
澪は唇をかんだ。
孝助は、まだ青ざめている。
(本当に殺される)
澪は初めて、覚悟を決めた。
そのとき、廊下を急ぎ足で渡る音が聞こえた。
現れたのは、さっき澪を座敷に案内した番頭だった。
扇屋の脇に膝をつき、耳打ちするように、何かを告げた。
扇屋の目が一瞬見開かれ——ゆっくりと閉ざされた。
「かまへん。ここにお通しし」
藤馬だと澪は思った。
澪がここに来ていることを、知っているのは藤馬だけだ。
だが——現れた藤馬は、一人ではなかった。
「希楽、いや、新十郎」
扇屋が目を開け、その男の名を呼んだ。
「おれはお前をずっと待ってたんや」

「七年ぶりやな、宗太郎」

入り口に立ったままで、希楽は扇屋を見下ろした。

「お前さんが最後に花垣屋に来た晩以来や」

「かもしらん」

ずっと親しみ続けてきた友達に話すように、こだわりのない口調で、二人は言葉を交わした。

藤馬が澪の脇に動いた。

澪を守るように、孝助と並ぶ。

扇屋がその姿に目をとめた。

「藤治郎の倅か。よう似てる。――町方同心が来たていうことは、おれもそろそろ年貢のおさめどき、ちゅうことやろか」

「いや――お前が逃げる気なら、おれが手ぇ貸したる」

みなの視線が、希楽に集まった。

「そのくらいのことは、今のおれにもできる。ほんで、他所に行って、また二人で商いでもしようや」

どうや――茶屋にでも誘うような口調だった。

「叔父さん」

澪には、希楽の言葉が信じられなかった。

相手は、人殺しを重ねてきた男だ。

善次郎や志津を、殺そうとしている男だ。

その男と、本気で手を組むつもりなのだろうか。

「…………」

扇屋はちらりと藤馬を見、再び希楽に視線を戻した。

「役人を黙らせて罪人を見逃がさせる、鴻池の名を使えばそれも容易《たやす》い——か」

「そうや」

「そして、おれが町を離れれば、鴻池の罪を知る者も消える。お前は、自分に都合のええことしか言わんな。昔と同じじゃ」

「——かもしらん」

憎たらしいやっちゃ、と扇屋はつぶやいた。

しばしの間があった。

扇屋は深い息を一つ吐いた。

ゆっくりとした動作で、枕元の水差しに手を延ばし、

「新十郎。再会の祝いに一献どうや。水で悪いけどもな」

「——」

希楽が怪訝《けげん》な顔になる。

「お前がおれの杯を受けてくれたら、お前の望み通りにしたる。お前さんの姪にも、藤治郎の倅にも、手は出さん。——それが嫌やったら、みなで地獄行き。どうや」

言いながら、扇屋は、かたわらの女中に指示し、杯を二つ、用意させる。

（いったい、何を）

扇屋は、二つの杯に等分に水を入れ、右の杯を黙って希楽の前に差し出した。

希楽は、扇屋の顔と、杯とを、交互に眺めた。

毒だ——と澪は思った。

扇屋は幾人もの人間を毒で殺してきた男だ。

この場で、希楽にも毒を飲ませようとしているのだ。

「叔父さん」

澪は希楽を制しようとした。

だが、希楽は、一呼吸のあと、面白そうに笑った。

扇屋の前に右膝をつき、杯を取ってためらわず飲み干した。

ひとかけらの迷いも、見せなかった。

新十郎、と扇屋は呆れたようにつぶやいた。

「お前はなんで——」

むっとしたような声が途中で止まり、扇屋は残った杯を一気に飲み干し、いきなり身を起こした。

病人とは思えぬ身のこなしで、希楽に飛びかかる、その手に刃があった。

脇差を、床のなかに隠し持っていたのだ。

だが、刃を握る手首は、希楽の手に押さえられた。

「阿呆」

希楽が言った。

扇屋の手から、刃が落ち、希楽は倒れそうになる扇屋の体を支えた。

「もうええ。もうええわ。——お前は昔のままや。それが判っただけで、充分や。……新十郎、達者でな」

扇屋は、懐から取り出した何かを口に含んだ。

「宗太郎、待て」

希楽の制止は間に合わず、扇屋の体はびくりと震え——ゆっくりと、頭が垂れた。

「旦那様……」

女中がかすれ声をあげた。

瞬間、何かが空気を切り裂いた。

誰もが扇屋の最期に目を注いだ——その隙をついて、菊池が斬りかかってきたのだ。

振り上げられた刃より、ほんの一瞬、孝助が早かった。

抜き身の刀が、菊池の脇腹に吸い込まれた。

「…………！」

声にならない声を、菊池はあげた。

菊池の左手に握られていたものが落ちた。

見覚えのある印籠《いんろう》――藤馬が昨日、あの薬を入れていた印籠だった。

小さな声が菊池の喉から漏れた。

美咲……。

血の匂いが部屋に広がった。

怯えた女中が、悲鳴をあげ、誰かお役人様を呼んで――と叫んだ。

我に返った用心棒たちが、部屋の中になだれ込んできた。

「お嬢さん、さがって」

藤馬が叫んだ。

澪は混乱していた。

目の前で、今、何が起ころうとしているのだろう。

「澪！」

呼ぶ声に、澪は振り返った。

希楽だった。

澪は何も考えず、その手にすがりついた。

「阿呆」

低い声とともに、希楽が澪の背に迫った刃を払い落とした。

手にしていたのは、最後に扇屋が持っていた刃だった。

「阿呆が！」

希楽はもう一度、叫んだ。それは、澪が初めて聴いた、希楽の本気の声だった。

斬りかかろうとしていた男が、その声にひるみ、動きを止めた。

――表で呼び子笛のなる音がした。

逃げだしていった女中が、町役人を連れてきたようだった。


扇屋は、その月のうちに店を閉じた。

すでに唐物問屋株は他店に売り渡し、財産はほとんど、残されてはいなかった。

扇屋宗太郎の身よりは、一人娘の美咲だけで、その美咲は、父親の二日前に息をひきとっていた。

扇屋は何一つ残さずに逝った――町の者は、感嘆したように、そう噂した。

終章

鴻池善次郎は本復した。

扇屋での騒ぎのさなか、薬を忘れずに持って帰ってきたのは、孝助だった――そう澪は思っていたのだが、藤馬は、澪が持って帰ってきたのだ、と言った。

「おかげで志津も助かった。感謝している」

善次郎のぶんの薬が戻ってきたと知って、志津もようやく、薬を飲んだ。

今は、藤馬の屋敷で養生している。

「初めは、よくなったら長崎に帰ると言っていたんだが……」

そう言って、志津が眠る奥座敷に、藤馬はちらりと目をやった。

「この頃では、大坂に残って、医者の勉強を続けたい気も出てきたようだ。この町が気に入ったみたいで――母上にも、よく澪のことを話している。勇敢なお嬢さんだ、さすが大坂の娘さんだ、と言ってな」

話す藤馬は、嬉しそうだった。

澪は、中庭に面した縁側で藤馬と並んで腰掛けていた。

庭には、志津の植えた薬草が、まだ赤い花を咲かせている。

「今度のこと、全部話したら、父さんも感心してました。もしも、志津さんが大坂に残らはるんやったら、鴻池の家がいくらでも力になります。志津さんに、そう、お伝えしてください」

志津は、姉を喪《うしな》い、今は大坂に頼るものは、藤馬のほかにはいないはずだ。兄を助けてもらった恩返しが出来るなら嬉しい。

「ありがとう。志津も喜ぶだろう」

藤馬は、自分のことのように喜んでいる。

「ところで、希楽殿は……」

「叔父さんは——いつも通りです」

希楽は、何も変わることなく、暮らしている。

庭で剣術の稽古をし、女のところに通い、飄々《ひょうひょう》と、気楽に日を過ごしている。

少なくとも、表面上はそうだ。

扇屋の悪事は、毒殺事件の件に関してだけ、公の場に持ち出された。

抜け荷の話は、表沙汰にはなっていない。

ことの調べが、そこまで行き着かなかったわけはないだろう。

だが、大藩や豪商の絡んだ大罪を公にして裁くことより、頬被りをしてやり過ごすことを、町奉行所は選んだのだ。

そのおかげで、澪はこうして、平穏な生活を続けていられるのだ……。

「一度、ご挨拶に伺おうとは思っているんだが」

「気にせんといてください。事件の後始末でお忙しいやろうし、それに……」

藤馬が本心から希楽に会いたがっているのかどうか、澪には判らなかった。

奉行所役人として、藤馬には複雑な思いがあるはずだ。

それは、希楽も同様だろう。

藤馬も、特にそれ以上は何も言わなかった。

何とはなしに気まずい空気が流れ、澪は慌てて、

「……そうや、藤馬様、うち、この頃、叔父さんと一緒に、剣術の稽古、始めたんです」

明るい声で話を変えた。

「剣術？　澪が？」

思った通り、藤馬は目を丸くした。

「そう。……今度のことで思ったんです。やっぱり、女でも、自分の身くらい、自分で守れんとあかん、て。そやから、叔父さんに、習うことにしました」

「それはまた――たくましい話だが、生兵法《なまびょうほう》が怪我のもとにならなきゃいいが」

「また、そんな意地悪言うて。――叔父さんに教えてもろてるんやし、すぐに強くなります。藤馬様なんか、すぐに追い越すわ。見ててください。うちは、あの山中鹿之助の血を引いてるんやから」

澪は胸を張って見せた。

剣術の稽古をつけてくれ、と言い出した澪に、希楽は嬉しそうにうなずいた。

やっと、その気になったか——と笑い、毎日、楽しそうに庭で竹刀を振ってくれる。

その姿に、澪はほっとしていた。

気づいていたのだ。呑気《のんき》な顔でいつも通りにしていても、希楽が時折、ひどく寂しそうな目をすることを。

それはたいてい、剣術の稽古をしているときに訪れる。

扇屋のことを思い出しているに違いなかった。

昔のように、いきいきと竹刀を握る希楽に、早く戻って欲しかった。

「なら、そのうちに、お手合わせを願いに伺おう。……希楽殿にも、そう伝えておいてくれ」

「はい」

楽しみにしてます、と澪は笑ってうなずいた。

「……ところで例の孝助のことなんだが」

ためらいがちに、藤馬が切り出した。

「奉行所で少しばかり、調べてみた。綾瀬孝之助という男は、本当に加賀藩にいた。八年前に処分を拒んで脱藩した後、諸国を転々としたらしく、大坂に戻ってきたのがいつなのかは判らない。ただ、加賀藩蔵屋敷はそれに気づき、菊池を始末するために、いろいろと綾瀬に接触をはかっていた。扇屋の娘のことをいろいろと綾瀬に告げたのも、加賀藩の連中だったようだ。綾瀬がどこまで、奴らに乗せられていたのかは判らないが……

「孝助さんは、藩に乗せられたりしてへんと思います」

澪は言った。

「孝助さんは、ただ、美咲さんのことが忘れられへんかっただけ。そのために事件と関わってしもただけ」

「……そうか」

藤馬は曖昧にうなずいた。

「で、澪は、あいつの見舞いにはいかないのか。あいつも、手傷を負っていただろう」

澪は黙って空を見上げた。

行きたいとは思う。

思うのだが……。

澪は困って、もう一度、庭を見やった。

名も知らぬ鮮やかな朱の華が揺れている。志津の植えた薬草だ。

しばらく黙ってながめていたが、

「屋敷に帰ります」

澪はそう言って、立ち上がった。

「藤馬様、今度うちに来はるときは、ぜひ、志津さんもご一緒に」

言いながら、屋敷に帰る途中で、少し寄り道をしようかと、思いはじめていた。

大切なひとを亡くして、ただじっと一人で堪える辛さを、澪は知っている。
けれど、傷を負ったままでも、また歩き出すことは出来るのだ。
澪は、そのことも、誰より知っている。
澪は、ゆっくりと縁を降り、地に足をつけた。
どこかで猫の鳴き声が聞こえた気がした。

解説

細谷正充

ある作家をデビュー作から読み続け、成長の軌跡《きせき》をリアルタイムで楽しむ。小説の好きな人ならば、何人か、そんな作家を抱えていることだろう。もちろん私にもいる。本書の作者で、新進気鋭の女性時代作家・築山桂《つきやまけい》が、そのひとりだ。

築山桂は、一九六九年、京都府に生まれた。大阪大学文学部卒業後、同大学大学院に進む。博士課程在学中の一九九八年、長篇時代ミステリー『浪華《なにわ》の翔風《かぜ》』を鳥影社から出版して、文壇にデビューした。作者自身の言葉によれば、作家自体は中学生時代から夢見ていたが、別ジャンルでの投稿がことごとく落選。博士課程に進んだ頃には、もう諦めようと思い始めていた。そんなとき、冗談のような切っ掛けで百枚ほどの時代小説を書いたところ、友人が「面白い」といってくれたそうだ。この言葉に力を得た作者は、あらためて五百枚の長篇を脱稿。それが『浪華の翔風』だったのである。

このデビュー作は、エンタテインメントの枠組みのなかに、書くべきテーマをしっかりと浮き立たせた、新人らしい意欲作であった。いささか手前味噌になるが、新聞の書評に取り上げたことがあるので、その一部を引用させてもらうならば、

「大坂（大阪）城の外堀に浮かんだ医者の死体から明らかになる巨悪に、城代の手足として働く影役の若き女性あやが挑む。なぜ大坂に独特の気風が生まれたかの解釈。城代と町

奉行による二重支配の構図。大坂を守る謎の一団の意外な正体。冒頭と結末に大塩平八郎を配して、テーマを明確にするなど、読みどころは多い。物語の中で十分に生かしきったとは言えないが、こうした著者独自の視点やアイディアが盛り込まれているのは頼もしく感じる。また一人、将来性のある新人が現れたことを喜びたい」

と、作品のオリジナリティや熱気を認めて、将来を大きく期待していたのである。そして、その期待は裏切られることはなかった。以後、鳥影社より『禁書売り―緒方洪庵・浪華の事件帳』『北前船始末―緒方洪庵・浪華の事件帳(二)』を上梓《じょうし》。そしてこのたび角川春樹事務所より、本書『鴻池小町事件帳――浪華闇からくり』が、文庫書き下ろしで刊行されることになったのだ。堅実なペースで作品を発表しながら、確かな成長を遂げる作者の姿は、本当に頼もしく、応援せずにはいられないのである。

本書の主人公は、大坂に居を構え「天下の豪商」といわれた鴻池《こうのいけ》の、本家の娘・澪《みお》である。作品の内容に触れる前に、まずは鴻池の歴史について、簡単に述べておこう。

冒頭のエピソードからも分かるように、鴻池の先祖は、尼子家の有名な家臣・山中鹿之助と伝えられている。武士を捨てて商人になったのは、鹿之助の二男の幸範。最初は摂津国伊丹在鴻池村で酒造業を営んでいたが、元和五年、大坂にも店舗を構えた。清酒を江戸に運搬しているうちに、海運業に乗り出し、こちらも成功をおさめる。その一方で、はやくから両替商を経営。代を経るにしたがい、この両替商が、商いの中心となった。大名貸しで巨万の富を得て、大坂の、いや、日本一の豪商となったのである。そんな鴻池の本家の娘を主人公に据えて、大坂の光と闇を描き出したところが、本書の眼目といえるだろう。

大塩平八郎の乱から七年。かつて庶民の怨嗟《えんさ》の的となったことから、より身内の結束を固めた豪商・鴻池の本家に、ひとりの娘がいた。鴻池善右衛門の娘・澪である。当年とって十八歳の彼女は、鴻池の後家《ごけ》小町《こまち》と呼ばれている。というのも、十一歳の若さで嫁いだ夫が、大塩平八郎の乱の余波で、刺殺されてしまったからだ。結婚三日で後家となった澪は、今は叔父の隠居所で暮らしている。

そんな澪が、病臥中の兄を見舞いにきた本家で、加賀藩の菊池兵吾と名乗った武士に襲われた。危機一髪のところで彼女を助けたのは、たまたま通りかかったという、摺《す》り読み売りの孝助という男であった。だが、その後の孝助の行動も、はなはだ不可解。兄の枕元から薬を奪い、逃走してしまったのだ。

一連の出来事に不審を感じた澪は、大坂の市井に飛び込み、真相を追う。やがて兄の病気が、毒を盛られたものであること、そして同じ毒で殺された人間が、何人もいることがわかってくる。なんとか兄を助けようと、必死になる澪。だが、父や叔父の言動は、なぜか煮え切らない。おまけに、最初は協力的だった、幼馴染《おさななじみ》の奉行所同心・桐谷藤馬《とうま》の態度もおかしくなっていた。事件の裏にはなにが隠されているのか。正体不明の孝助は、敵か味方か。時に逡巡《しゅんじゅん》しながら、なおも事件を追及する澪は、やがて苦い現実に行き着くのだった。

簗山作品には、際立った特色がふたつある。ひとつは、すべての作品が、時代ミステリーであることだ。おそらく作者は、ミステリー・ファンなのだろう。それだけに本書も、ミステリーのツボを心得た作品になっている。兄を助けようとするヒロインの行動が、いつしか巨大な犯罪を暴く本書も、骨格のしっかりしたミステリーといっていい。大塩平八郎の乱が、微妙に事件に絡んでくるのも、嬉しい趣向である。エンタテインメント・ミステリーの楽しみが、たっぷりと詰まっているのだ。

もうひとつの特色は、大坂という町への愛情である。本書以前の三冊で作者は、大坂の町を守護する〝在天別流〟という、ユニークな集団を創造。彼らの躍動を通じて、大坂独特の気風と魅力を、たっぷりと描き出してくれたのだ。また、緒方洪庵を主人公とした二冊では、大坂の町にやってきた若き日の洪庵が、さまざまな事件と遭遇しながら、この巨大都市に魅了されていく様が、生き生きと綴られていた。

そして本書だが、在天別流は出てこず、代わりに豪商・鴻池が、重く大きな存在感をもって、大坂の町に屹立《きつりつ》している。作者は前三作から、新たな一歩を踏み出し、それまでと違った角度から、大坂の気風と魅力を引き出したのだ。読んでいるこちらも、いつの間にか、大坂に興味と愛着を感じてしまう。それは、大坂という町が好きで好きでたまらないという、作者の熱情がストレートに響いてくるからなのだ。

さらに本書が、澪の成長物語になっていることも、見逃してはならないだろう。十一歳で後家になり、自分の居場所に違和感をもっている彼女は、それでも己が悲劇のヒロインにならないよう、つとめて気をつけている。生まれや育ちを鼻にかけることもない、美しい心映えをもったお嬢さんである。しかし一方で、彼女は鴻池という家の鋳型《いがた》から、なかなか抜け出すことができない。

人は環境の子なりと、よくいわれる。たしかにその通りで、人間は自分の生まれ育った環境のなかで、人格という鋳型を造り上げていくものである。澪の場合、その鋳型が鴻池という、非常に特殊なものであったのだ。

たとえば孝助から、かつての大塩平八郎の乱で、藩主の側室に飲ませる薬が間に合わなかったと聞いた彼女は、

「薬やったら、たとえば、道修町にでも駆け込めば、きっとなんとかなったはずや。あのあたりも一面焼けたはずやけど、どこかに少しくらい焼け残りが――」

といってしまい、世の中、金ならなんぼでも動かせる者だけが生きているわけと違うと、たしなめられてしまうのだ。

無自覚なまま、鴻池という鋳型に捕われていた澪。だが彼女は、事件を機に飛び込んだ大坂の市井で、さまざまな人々の息吹を感じ、新たな視線を獲得していく。

ここで注意したいのが、だからといって澪が、鴻池を否定するわけではないということである。自分が鴻池の後家小町《ごけこまち》であることは事実だし、世間の目が変わることもない。だから鴻池の一員である自分を肯定しながら、より広い視野をもって生きていこう――。澪は鴻池という鋳型を壊すのではなく、その形を拡大させることにより、いままで毀《こぼ》れ落としてきたすべてのものを、自分の内に抱きしめようとしているのだ。ここに澪の成長があ

り、本書の爽やかな読みどころとなっている。
また、人生の風雪《ふうせつ》を乗り越え、飄々《ひょうひょう》と今を楽しむ、隠居の希楽。生真面目な町奉行所同心・桐谷藤馬。澪とは対照的な人生を歩んできた女蘭方医の志津。心の屈曲を捨てきれないでいる孝助と、脇役陣も個性派揃いだ。彼らと一冊だけで別れてしまうのは、残念でならない。豪商の娘でありながら、庶民の哀歓を知った澪と、彼女を囲む人々の活躍を、もっともっと、読みたいものである。

（ほそや・まさみつ／文芸評論家）

文庫時代小説
つ6-1

鴻池《こうのいけ》小町《こまち》事件帳《じけんちょう》 浪華《なにわ》闇《やみ》からくり

著者 築山《つきやま》桂《けい》
2003年10月18日第一刷発行

発行者 大杉明彦

発行所 株式会社 角川春樹事務所
〒101-0051 東京都千代田区神田神保町3-27 二葉第1ビル

電話 03(3263)5247[編集] 03(3263)5881[営業]

印刷・製本 中央精版印刷株式会社

フォーマット・デザイン&シンボルマーク 芦澤泰偉

ISBN4-7584-3075-6 C0193
http://www.kadokawaharuki.co.jp/[営業]
fanmail@kadokawaharuki.co.jp[編集] ご意見・ご感想をお寄せください。

時代小説文庫

鳥羽 亮

剣客同心 鬼隼人

書き下ろし

日本橋の米問屋・島田屋が夜盗に襲われ、二千三百両の大金が奪われた。八丁堀の鬼と恐れられる隠密廻り同心・長月《ながつき》隼人《はやと》は、奉行より密命を受け、この夜盗の探索に乗り出した。手掛かりは、一家を斬殺した太刀筋のみで、探索は困難を極めた。そんな中、隼人は内与力の榎本より、旗本の綾部治左衛門《じざえもん》の周辺を洗うよう協力を求められる。だが、その直後、隼人に謎の剣の遣い手が襲いかかった——。著者渾身の書き下ろし時代長篇。

（解説・細谷正充）

鳥羽 亮

七人の刺客 剣客同心鬼隼人

書き下ろし

刃向かう悪人を容赦なく斬り捨てることから、八町堀の鬼と恐れられる隠密廻り同心・長月隼人。その隼人に南町奉行・筒井政憲より、江戸府内で起きた武士の連続斬殺事件探索の命が下った。斬られた武士はいずれも、ただならぬ太刀筋で、身体には火傷の跡があった。隼人は、犯人が己丑の大火の後に世間を騒がせた盗賊集団世〝世直し党〟と関わりがあると突き止めるが、先には恐るべき刺客たちが待ち受けていた……。書き下ろし時代長篇、大好評シリーズ第二弾。

（解説・細谷正充）

時代小説文庫

鳥羽 亮

死神の剣 剣客同心鬼隼人

書き下ろし

日本橋の呉服問屋・辰巳屋が賊に襲われ、一家全員が斬り殺された。八丁堀の鬼と恐れられる南町御番所隠密廻り同心・長月隼人は、その残忍な手口を耳にし、五年前江戸を震え上がらせた盗賊の名を思い起こす。あの向井党が再び現れたのか。警戒を深める隼人たちをよそに、またしても呉服屋が襲われ、さらに同心を付狙う恐るべき剣の遣い手が——。御番所を嘲笑う向井党と、次々と同心を狩る『死神』に対し、隼人は、自ら囮となるが……。書き下ろし時代長篇、大好評シリーズ第三弾。（解説・長谷部史親）

鳥羽 亮

闇鴉《やみがらす》 剣客同心鬼隼人

書き下ろし

闇に包まれた神田川辺で五百石の旗本・松田庄左衛門とその従者が何者かに襲われ、斬殺された。八丁堀の鬼と恐れられる隠密廻り同心・長月隼人は、ひと突きで致命傷を負わす傷痕から、三月前の御家人殺しとの関わりを感じ、探索を始める。だが、その隼人の前に、突如黒衣の二人組が現われ、襲い掛かってきた。剣尖をかわし逃げのびた隼人だったが、『鴉』と名乗る男が遣った剣は、紛れもなく隼人と同じ「直心影流」だった——。戦慄の剣を操る最強の敵に隼人が挑む、書き下ろし時代長篇。（解説・細谷正充）

鳥羽 亮
闇地蔵 剣客同心鬼隼人
書き下ろし

江戸府内の日本橋川で牢人の死骸が見つかった。首皮一枚だけを残した死骸は、凄まじい剣戟の痕を語るものだった。八丁堀の鬼と恐れられる南御番所隠密廻り同心・長月隼人は、その手口から、半月前の飾り職人殺しとの関わりに気付き、探索を始める。やがて、二人が借金に苦しめられていたことが判明し、『闇地蔵』なる謎の元締めの存在を聞きだすが……。隼人に襲い掛かる〈笑鬼〉と呼ばれる刺客、そして『闇地蔵』とは何者なのか!? 大好評、書き下ろし時代長篇。

千野隆司
夕暮れの女 南町同心早瀬惣十郎捕物控
書き下ろし

煙管《きせる》職人の佐之助は、品物を届けた後、かつての恋人で今は老舗足袋問屋の女房おつなと再会した。帰途、誰かに追われている女の世話をする。一方、おつなはその日の夕刻に絞殺された。拷問にかけられた佐之助は罪を自白、死罪が確定する。しかし彼の無罪を信じる恋人と幼馴染みは、南町同心早瀬惣十郎とともに再調査に乗り出すのだが……。待望の書き下ろし時代長篇、遂に刊行。

（解説・細谷正充）

時代小説文庫

結城信孝 編
浮き世草子
女流時代小説傑作選

恋もあれば、非情の運命もある。つつましい暮らしもあれば、派手な遊蕩三昧もある。時代が変わっても、そこに息づく人々の心の機微は変わらない――。女流作家による傑作時代小説アンソロジー。宮部みゆき「女の首」、宇江佐真理「あさきゆめみし」、諸田玲子「雲助の恋」、澤田ふじ子「縞揃女油地獄」、島村洋子「八百屋お七異聞」、見延典子「竃さらえ」、皆川博子「吉様いのち」、北原亞以子「憚りながら日本一」の八篇が誘う時代小説の世界をお楽しみあれ。

結城信孝 編
合わせ鏡
女流時代小説傑作選

捕物帖もあれば、敵討ちの話もある。毒婦もいれば、はかない運命にもてあそばれる女もいる。さまざまな事件や日常を通じて、そこには細やかな心の動きが余すところなく描かれている――澤田ふじ子「蓮台の月」、杉本章子「夕化粧」、諸田玲子「千客万来」、松井今朝子「阿吽」、宇江佐真理「ただ遠い空」、戸川昌子「夜嵐お絹の毒」、栗本薫「お小夜しぐれ」、北原亞以子「証」の全八篇を収録した傑作女流時代小説アンソロジー第二弾！

時代小説文庫

佐伯泰英

橘《きっ》花《か》の仇　鎌倉河岸捕物控

書き下ろし

江戸鎌倉河岸にある酒問屋の看板娘・しほ。ある日武州浪人であり唯一の肉親である父が斬殺されるという事件が起きる。相手の御家人は特にお構いなしとなった上、事件の原因となった橘の鉢を売り物に商売を始めると聞いたしほの胸に無念の炎が宿るのだった……。しほを慕う政次、亮吉、彦四郎や、金座裏の岡っ引き宗五郎親分との人情味あふれる交流を通じて、江戸の町に繰り広げられる事件の数々を描く連作時代長篇。

佐伯泰英

政次、奔《はし》る　鎌倉河岸捕物控

書き下ろし

江戸松坂屋の隠居松《しょう》六《ろく》は、手代政次を従えた年始回りの帰途、剣客に襲われる。襲撃時、松六が漏らした「あの日から十四年……亡霊が未《いま》だ現われる」という言葉に、かつて幕閣を揺るがせた若年寄田沼《たぬま》意《おき》知《とも》暗殺事件の影を見た金座裏の宗《そう》五《ご》郎《ろう》親分は、現在と過去を結ぶ謎の解明に乗り出した。一方、負傷した松六への責任を感じた政次も、ひとり行動を開始するのだが——。鎌倉河岸を舞台とした事件の数々を通じて描く、好評シリーズ第二弾。

津本 陽
小説 秦の始皇帝

「余は神に選ばれた王だ。王のなかの王、皇帝になるのだ」——西紀前二五九年、正月、乱世の中国大陸に、一人の男が生を享けた。血族の謀略に身を起こし、遂には天下統一を成しとげ、皇帝にまで登りつめた男の名は政。男は自らを〝始皇帝〟と名乗った。数奇な運命に翻弄され、壮絶な戦いに明け暮れ、不死を夢見た秦の始皇帝の生涯を、雄渾華麗に謳いあげた大英雄伝、待望の文庫化。

津本 陽
群雄譚 項羽と劉邦

秦の始皇帝が樹立した統一政権は、僅か十数年で崩壊し、再び中国全土は、戦乱の闇に突入した。農家の末っ子として生まれた劉邦《りゅうほう》は天命を掴み、沛公となり挙兵した。一方、戦国・楚の将軍家の血筋をひく項羽《こうう》は、叔父の項梁とともに呉で兵を挙げた。両雄の長く激しい闘いの幕が上がる……。時代の黎明期に屹立する男たちを、雄渾華麗に謳いあげる大英雄伝、『小説 秦の始皇帝』に続く待望の文庫化。

(解説・村上哲見)